Première Graine

Foi, Cacao, Betsileo:
Tout commence avec une graine

Jeanne Esthérine RASOANANTENAINA

Première publication au Royaume-Uni par
Anne Anderson Publishing
Pour toute demande d'autorisation, veuillez écrire à l'éditeur à l'adresse ci-dessous, en mentionnant « À l'attention du Coordinateur des droits » : 109 Haunch Lane, Birmingham, B13 0NX, Royaume-Uni

Informations sur les commandes :
Ventes en quantité. Des remises spéciales sont disponibles pour les achats en volume effectués par des entreprises, associations ou autres organisations. Pour plus de détails, veuillez contacter l'éditeur à l'adresse ci-dessus.

Un enregistrement CIP (Cataloguing in Publication) pour ce titre est disponible auprès de la British Library.

ISBN-10 : 1-9162913-8-4
ISBN-13 : 978-1-9162913-8-6

Imprimé au Royaume-Uni

Ce livre a été écrit avec le soutien du programme international GYLSCO (Global Youth Leadership for Sustainable Communities / Cocoa), qui a permis à l'auteure de faire entendre sa voix et d'inspirer une nouvelle génération de leaders africains.

À mes frères et à mes sœurs; Jean de la Croix, Rojo, Damien,
Rindra, Cacia et Murella,
À mes parents, mes grands-parents,
Aux jeunes Malagasy,

Ce livre vous est dédié.

Remerciements

À Dieu, pour toutes les bénédictions révélées et cachées,
Pour les grâces silencieuses et les miracles visibles,
Pour les personnes qu'Il a placées sur mon chemin,
Et pour le témoignage qu'Il m'a permis de porter.

À tous ceux qui, par leurs paroles, leurs gestes, leur présence
ou leur prière, ont contribué à faire de moi celle que je suis
aujourd'hui.

Chacun de vous a laissé une empreinte dans mon parcours,
et je vous en suis infiniment reconnaissante.

Merci du fond du cœur.

Préface

Tout a commencé lors de notre toute première réunion GYLSCO avec le Professeur Affi Agbodo. Il nous a posé une question simple, mais puissante : « *Comment repositionner Madagascar ?* »

Cette question m'a bouleversée. Elle a éveillé en moi une réflexion profonde, presque douloureuse, sur les réalités que vivent tant de jeunes Malagasy — des réalités que je connais intimement.

Nous sommes un peuple jeune. Notre pays regorge de potentiel, de mains prêtes à construire, de cœurs pleins de rêves. Et pourtant, le développement de Madagascar semble hors de portée. Pourquoi ?

Je crois que le problème ne réside pas dans notre capacité à rêver, mais dans les obstacles qui étranglent nos rêves dès la racine.

Tout commence par *l'éducation parentale*. Trop de jeunes grandissent dans des foyers où ils n'ont pas le droit de parler, de proposer, de penser autrement. On leur impose des traditions sans leur en expliquer le sens. Dans certaines familles, chacun vit pour soi, sans encouragement ni transmission d'espoir.

Vient ensuite *la société*, avec ses tentations, ses modèles déformés, sa glorification de l'argent facile. On voit des jeunes filles troquer leurs ambitions contre un homme riche. Des garçons céder au découragement, à la colère ou à l'oubli d'eux-mêmes.

Et enfin, il y a *le combat intérieur*, celui qui demande de la force mentale, de la résilience, du courage. Sans mentor, sans guide, sans personne pour vous dire "tu peux y arriver", on peut perdre pied, même avec les meilleures intentions.

Moi aussi, j'ai connu ce combat.

À 15 ans, j'ai quitté mon village de Fianarantsoa, mes parents, mes repères, pour poursuivre mes études à Nosy Be. J'ai affronté la solitude, la précarité, l'épuisement. Mais j'ai tenu bon. J'ai obtenu mon baccalauréat. Puis, j'ai travaillé comme servante à

Diego-Suarez pour pouvoir continuer. Mais j'ai dû arrêter mes études pour travailler, subvenir à mes besoins, et aider mes petits frères et sœurs à aller à l'école.

Je ne suis pas un cas isolé.

Combien de jeunes vivent dans le silence de leur souffrance ? Combien abandonnent leurs rêves faute d'écoute, de modèle, d'opportunité ? Combien sombrent parce qu'ils ne trouvent personne à qui parler, personne pour croire en eux ?

Et pourtant, je crois profondément que nous avons un très beau pays. Un pays riche en ressources, en cultures, en savoirs. Nous avons aussi la paix, et c'est un trésor inestimable.

Tant que nous aurons des leaders qui valorisent la jeunesse, tant que nous serons écoutés et encouragés, je crois que nous avons tout pour réussir. *Mais cette réussite commence par nous. Par une volonté ferme, de la part des* jeunes, de reconnaître leur potentiel et celui de leur pays, malgré les défis, malgré les douleurs, malgré les manques.

C'est pour cela que ce livre est né.

Pour témoigner, oui. Mais aussi pour lancer un appel. Je crois qu'il nous faut bâtir un réseau d'accompagnement pour les jeunes, un espace où ils seront soutenus mentalement, émotionnellement, spirituellement. Je crois aussi à la nécessité de centres d'éducation parentale, surtout en milieu rural, pour semer des graines de changement dans les familles, là où tout commence.

Je n'ai pas écrit ce livre pour susciter de la pitié. Je l'ai écrit pour transmettre un message d'espoir. Mon histoire est celle d'une jeune fille parmi tant d'autres à Madagascar. Une histoire marquée par la pauvreté, les responsabilités précoces, les sacrifices, mais aussi par la foi, la dignité et une volonté de ne jamais abandonner.

À travers ces pages, je veux montrer que tout est possible, même pour les plus démunis de notre société.

Ce n'est pas l'argent, ni les relations, ni même les diplômes qui définissent notre avenir — c'est notre attitude. Une mentalité de courage, d'intégrité, et de foi. Une mentalité qui dit : *je peux y arriver, même si les circonstances sont contre moi.*

Ce livre est aussi un appel à la réflexion pour notre pays. Il est temps de changer de mentalité, de valoriser la famille, l'éducation, l'intégrité. Car c'est là que commence le vrai développement — dans les cœurs et dans les foyers.

Je remercie de tout cœur le Professeur Affi Agbodo et le projet GYLSCO pour m'avoir donné l'occasion de revisiter mon parcours, et surtout, de comprendre que ce que je croyais être ma faiblesse — mon histoire de souffrance — peut en réalité devenir ma plus grande force. Nous avons tous une histoire à raconter. Une histoire qui peut changer des vies.

Ce livre est une main tendue. Un chant d'espérance. Une déclaration d'amour pour ma génération. Et pour mon pays.

— Jeanne Esthérine RASOANANTENAINA
Fille aînée, servante, étudiante, rêveuse, entrepreneur… et désormais porte-voix de toute une jeunesse.

Prologue: Les Hautes Terres de Fianarantsoa

Je suis née dans les hautes terres de Fianarantsoa, une des six grandes provinces de Madagascar. Située au cœur de l'île, elle abrite un peuple à l'histoire fière et à la résilience légendaire : les *Betsileo*.

En langue Malagasy, le mot *Betsileo* vient de trois racines : *BE* pour « nombreux », *TSY* pour « ne...pas », et *LEO* pour « céder » ou « être vaincu ». Autrement dit : *"Nous sommes nombreux et inébranlables."* Les *Betsileo* sont un peuple que l'adversité ne brise pas. Ensemble, nous sommes forts, soudés, indestructibles.

Fianarantsoa, c'est aussi la terre du meilleur vin de Madagascar, que l'on appelle fièrement *Lazan'ny Betsileo – la Gloire des Betsileo*. Là-bas, le travail de la terre est un art transmis de génération en génération. Riz, manioc, patate douce, légumes, fruits... Les champs nourrissent les familles, les traditions, les souvenirs. Les paysans élèvent porcs, canards, poules et les majestueux zébus, symboles de richesse et de stabilité. Les femmes tressent des chapeaux, des paniers, des tapis. Tout est fait à la main, avec patience et amour.

Je suis l'enfant de deux villages : Iavoloha, le village de ma mère, dans la commune de Sahave, et Ambohibory, le village de mon père, dans la commune de Tsarafidy, district d'Ambohimahasoa.

On me demande parfois : *Pourquoi deux villages ?* Chez nous, selon la tradition, la femme quitte sa famille pour suivre son mari. Mais dans mon histoire, rien ne s'est passé simplement.

Mon fils, donne-moi ton cœur,
et que tes yeux prennent plaisir à mes voies.
— Proverbes 23:26

Introduction

Chez les Betsileo, chaque grain de riz compte, chaque parole donnée vaut serment, et chaque enfant porte l'espoir d'un avenir meilleur. Dans nos champs, dans nos traditions, dans nos silences, il y a une sagesse ancienne qui m'a nourrie bien avant que je sache lire ou écrire.

Je m'appelle Jeanne Esthérine. Ce livre n'est pas seulement mon histoire — c'est celle d'une première graine semée dans une terre parfois dure, parfois généreuse, mais toujours sacrée. C'est l'histoire d'une enfance marquée par le manque, mais illuminée par la foi. L'histoire d'une aînée qui, sans le savoir, ouvrait un chemin pour ses frères et sœurs. L'histoire d'une jeune fille qui croyait que Dieu pouvait faire germer l'impossible.

Ce livre est l'histoire d'une graine. Une graine semée dans le sol rocailleux d'Ambohibory, arrosée par les larmes des départs et le miel des retours. Une graine qui a cru — contre toute logique — qu'elle pouvait devenir un arbre.

De mon village d'Ambohibory aux salles de classe de Diego-Suarez, des sentiers boueux de Tsarafidy aux étals de cacao d'Ambanja, chaque étape de mon parcours a été une leçon. Chaque obstacle, une invitation à grandir. Chaque main tendue, un rappel que la grâce existe encore.

Mon histoire est un témoignage. Une offrande. Une semence.

C'est l'histoire d'une petite fille qui comptait les étoiles faute de compter l'argent, mais qui savait déjà que Dieu se cache dans les détails : dans un panier de riz partagé, dans une leçon de catéchèse murmurée, dans le cacao d'Ambanja transformé entre ses mains en or noir.

À celles et ceux qui, comme moi, sont nés loin de tout mais porteurs de tant. À ceux qui cherchent un sens, une direction, une preuve que la foi et la persévérance peuvent déplacer les montagnes.

Bienvenue dans mon histoire. Ou plutôt, dans notre histoire. Celle de toutes les premières graines.

01

La Graine Semée

Là où tout commence.

Dans les hauteurs tranquilles des terres Betsileo, une graine a été plantée. Elle n'était ni la plus forte, ni la plus attendue, mais elle portait en elle une promesse silencieuse. Cette première graine, c'était moi. Semée dans une famille simple, dans un village modeste, au cœur d'une culture riche et profondément enracinée. Cette terre, c'est celle qui m'a donné mes premières valeurs : la foi, le respect, le travail, et surtout l'espoir. Avant que la graine ne germe, elle apprend à écouter la terre. C'est ici que mon histoire prend racine.

Une Histoire d'Amour Interdite

D'après ma mère, leur histoire a commencé dans les bancs en terre battue de la catéchèse, dans la commune rurale de Sahave. Mon père, jeune catéchiste, enseignait la foi. Ma mère, encore élève, écoutait. Mais ce qui s'est éveillé entre eux allait bien au-delà des paroles religieuses. C'était un amour naissant, sincère, mais interdit.

Mon grand-père maternel, homme de principes rigides, avait déjà choisi un autre prétendant pour sa fille. Un homme qu'il voyait comme digne, honorable, convenable. Quand il a découvert la relation de ma mère avec mon père, il est entré dans une colère terrible. Il a refusé leur union avec une violence douloureuse. Ma mère m'a souvent raconté, avec des larmes dans les yeux, qu'il l'avait même frappée.

Mais elle a tenu bon. Elle n'a pas cédé. À 21 ans, elle est tombée enceinte de moi. Ce fut le point de non-retour.

Ses frères, mes oncles, ont pris position. Ils ont dit à leur père, droit dans les yeux : — *"Nous ne pouvons plus t'aider dans cette affaire. L'homme aime notre sœur, mais c'est toi qui refuses de le voir. Tu gèreras seul les conséquences de ton entêtement."*

Ce jour-là, mon grand-père a baissé les armes. Il a enfin accepté mon père. Et moi, je suis née à Iavoloha, dans le village de ma mère, entourée de ce mélange de tension, d'amour et de réconciliation.

Début d'une Famille

Peu après ma naissance, mes parents ont cimenté leur amour par un mariage traditionnel, scellant ainsi un pacte qui allait fonder notre famille. Ils ont entamé leur vie commune à Sahave, un petit village où mon père exerçait son rôle de catéchiste. C'est dans cet endroit paisible, baigné par les senteurs du riz fraîchement cuit et les chants matinaux des coqs, que j'ai grandi, entourée des récits des anciens qui nous guidaient et des sourires empreints de tendresse de ma mère. Ces instants simples, mais remplis d'amour, ont forgé mes premiers souvenirs.

À trois ans, un nouveau membre a rejoint notre famille : mon petit frère, Jean De la Croix. Il est venu combler nos vies de rires et de découvertes. Puis, deux années plus tard, à mes cinq ans, nous avons quitté Sahave pour rejoindre le village natal de mon père, Ambohibory. Ce déménagement a marqué un nouveau chapitre pour nous, et c'est là, au cœur des collines verdoyantes, que la famille s'est encore agrandie avec la naissance de ma petite sœur, Rojo.

Deux villages, deux racines, mais une seule identité : celle des Betsileo. Fille de la terre rouge, héritière d'une lignée de résistance et de résilience. Mon histoire prend forme ici, dans ces collines où les rizières s'étendent à perte de vue, entre les valeurs profondes de l'amour familial, de la foi inébranlable et du courage silencieux de mes parents. C'est dans ce décor simple et authentique que j'ai appris les premières leçons de la vie, et c'est là que se trouve la véritable essence de mes racines.

Souvenirs d'enfance et parfums d'innocence

Mes premiers souvenirs remontent à l'âge de cinq ans. C'est à ce moment-là que le voile de l'oubli s'est levé pour laisser place aux premières images nettes, aux premiers éclats de vie.

Mon petit frère et moi avions été inscrits à l'école en même temps. Je me souviens de lui comme si c'était hier : espiègle, insouciant, l'esprit bien plus tourné vers le jeu que vers l'apprentissage. Il ne comprenait pas encore ce que signifiait « étudier » — pour lui, chaque journée était une nouvelle aventure, une invitation à courir, rire, inventer.

Notre maison était idéalement située, perchée non loin de l'école et de l'église. Ces trois lieux — la maison, l'école et l'église — formaient un triangle sacré, une petite constellation de notre quotidien. Depuis la cour de l'école, on pouvait apercevoir, au loin, la vallée verdoyante où notre mère cultivait la terre. Elle travaillait là-bas, en contrebas, tandis que nous apprenions nos lettres sur les bancs de bois. Mon frère, souvent distrait, quittait l'école pendant les pauses pour rentrer à la maison... ou pour suivre maman dans les champs, tout simplement parce qu'il la voyait depuis la cour et que son cœur d'enfant préférait sa présence au tableau noir.

Un jour, il a même mis un morceau de craie dans son nez. Les enseignants ont dû intervenir avec beaucoup de patience pour l'en extraire. Ce souvenir me fait encore sourire aujourd'hui.

Nous nous battions presque tous les jours, lui et moi. Pas méchamment, non. Des chamailleries de frère et sœur qui finissaient toujours par une course, une larme, un câlin. Nos disputes ne cessaient que lorsqu'un de nous deux se mettait à pleurer — ce qui arrivait souvent.

Mon frère était un peu plus costaud que les autres enfants, ce qui lui valut le surnom affectueux de *"le gros"* dans le quartier. Il adorait jouer aux véhicules imaginaires, entouré de ses camarades, recréant des scènes animées avec des branches, des boîtes, ou tout ce qu'il pouvait transformer en volant ou en roue.

Moi, j'étais différente. Plus solitaire. Plus rêveuse.

Je jouais seule, souvent. Mon jeu préféré consistait à ramasser de petits cailloux, à les aligner soigneusement, à leur donner des voix et à les faire parler entre eux comme s'ils étaient de vrais personnages dans une pièce de théâtre. Ces petites pierres étaient mes trésors, mes confidents. Je les aimais tant que je les ramenais à la maison pour les protéger... au grand désespoir de ma mère, qui ne comprenait pas cette passion étrange et me grondait.

Depuis toute petite, j'aimais les défis. J'aimais apprendre, j'aimais briller à l'école. J'avais en moi une soif de réussir, un désir profond d'être la première. Mon frère, lui, vivait dans le moment présent. Il n'avait que faire des classements ou des cahiers ; ce qui comptait, c'étaient ses amis, ses jeux, ses rires. Il suivait ses copains partout, insatiable d'aventure.

Moi, j'étais timide. Réservée. J'avais quelques amies, mais très peu. Et puis, je n'avais pas toujours le temps de jouer avec elles.

Souvent, je devais accompagner ma mère dans les champs pour l'aider. Je portais ma petite sœur sur le dos pendant qu'elle travaillait la terre, courbée sous le soleil. C'était notre quotidien. Ce rôle précoce de « grande sœur » m'a vite appris le sens des responsabilités. J'étais encore une enfant, mais déjà, je portais le poids d'une certaine maturité.

Ces souvenirs, simples et puissants, forment les premières pages de mon histoire. Des rires, des batailles, des cailloux qui parlent et des rêves d'école... c'était le début de tout.

Les vacances au village : un paradis familial

Chaque vacance, nous partions dans le village natal de ma mère, à Iavoloha. C'était notre havre de paix, perché entre les montagnes et les rizières. J'y emmenais toujours mes cailloux, même si mon petit sac devenait lourd comme une valise de voyage. Il m'était inconcevable de partir sans mes précieux compagnons de jeu.

Là-bas, c'était l'ambiance à l'état pur. Les frères de ma mère et leurs familles vivaient tous autour de la maison de mon grand-père, formant un petit quartier familial chaleureux et animé.

Il y avait aussi la sœur de mon grand-père, une vieille femme sans enfants, qui avait accueilli ma mère comme sa propre fille selon une tradition ancestrale. Chez nous, les liens du cœur ont toujours eu autant de valeur que ceux du sang. Cette adoption, bien que non inscrite sur le papier, était profonde, sincère, et pleinement reconnue dans la famille. Ma mère restait, aux yeux de l'administration, la fille de ses parents biologiques, mais dans le quotidien, dans l'amour reçu, dans les gestes et les regards, elle était celle de cette grand-mère de cœur. Une fille choisie, chérie, élevée avec tendresse et responsabilité.

Lorsque nous arrivions au village, chaque maison nous ouvrait grand ses bras. Nous étions accueillis comme des trésors de la ville, et en quelques instants, les cousins et cousines se retrouvaient unis comme une petite armée d'enfants joyeux. Ensemble, nous courions vers la montagne pour surveiller les zébus, fabriquer des marmites en argile, des assiettes miniatures, ou de faux zébus sculptés dans du bois ou de la terre séchée.

Le soir venu, tous les chemins menaient à la maison de notre grand-père. On s'y retrouvait pour rire, lancer des devinettes, se taquiner et faire des blagues. Puis, chacun regagnait la maison de ses parents... sauf nous, les vacanciers. Nous avions le privilège de choisir : dormir chez l'un ou chez l'autre, comme des petits rois. Parfois, c'était chez un oncle, parfois chez le grand-père, mais le plus souvent, nous dormions chez grand-mère, celle qui avait adopté maman.

Chez elle, il y avait aussi un cousin — fils de la sœur de maman — qu'elle avait aussi pris sous son aile. Il était gentil et drôle, complice de nos jeux et de nos rituels du soir. Pendant que le dîner mijotait sur le feu, lui et grand-mère nous racontaient des contes et des blagues, pour que le sommeil ne vienne pas trop vite. J'adorais ces moments. Peu à peu, ils sont devenus un besoin, un rendez-vous du cœur.

Nous ne pouvions plus dormir sans un conte. C'était notre berceuse.

La Pâque et l'art de la fête

Pendant la période de Pâques, le village tout entier entrait en effervescence. Chaque soir, nous répétions des chants et des danses traditionnels, au rythme des *farara*, *aponga* et *kabosy*. Le *farara*, cette flûte à vent Malagasy, accompagnait le tambour vibrant (*aponga*) et les accords joyeux du *kabosy*, une petite guitare locale. Ces sons résonnaient dans le soir comme des battements de cœur partagés.

Chez nous, la culture voulait que, lorsque le riz mûrissait, chaque famille invite les voisins à venir récolter. Ce travail collectif se concluait par un moment de partage qu'on appelait le *Tamby* : un geste de reconnaissance pour ceux qui avaient prêté main-forte. Chacun repartait avec ce qu'il pouvait porter — un sac de riz, un panier, un fardeau. Plus on en portait, plus on pouvait le vendre au marché, et acheter de beaux vêtements pour la fête de Pâques.

Moi, j'avais un rêve : ramasser une énorme quantité de riz, pour pouvoir m'acheter une jolie robe. Alors j'ai ramassé, ramassé, encore et encore... jusqu'à ce que le tas soit trop grand pour mes bras. Quand il a fallu rentrer, je n'arrivais même plus à le soulever ! J'ai dû appeler mon cousin à la rescousse. Grand-mère, qui nous observait, a éclaté de rire et s'est écriée : — « *Regardez Jeanne la tricheuse !* »

Toute la famille a ri de bon cœur. J'étais un peu gênée, mais grand-mère, toujours tendre, a ajouté un peu plus de riz à mon lot. — « *Voilà, c'est pour toi !* » a-t-elle dit avec un clin d'œil.

Je n'oublierai jamais ce moment. Ce n'était pas seulement du riz qu'elle m'offrait, c'était un geste d'amour, une tape sur l'épaule de mon enfance ambitieuse.

02

La Terre Éprouvée

Quand le sol devient dur, la graine lutte en silence.
Toute graine, pour éclore, doit faire face à l'obscurité, à la
pression du sol, au manque d'eau, au froid ou à la sécheresse. Ma
vie n'a pas échappé à ce passage. Il y a eu les sacrifices, les
injustices, les absences. Il y a eu la faim, la fatigue, et les jours où
l'on doute même de sa valeur. Mais c'est dans ces moments-là que
mes racines ont commencé à descendre plus profondément, à
puiser dans une force que je ne soupçonnais pas : celle de ma foi,
de l'amour de ma famille, et du Dieu qui voyait tout en silence.
Les épreuves n'ont pas tué la graine ; elles l'ont préparée.

Les saisons de la maison

Notre maison n'était ni grande, ni richement décorée, mais elle respirait une certaine forme de simplicité chaleureuse. À première vue, on aurait pu croire que notre vie était « un peu bien », comme on dit avec pudeur. Mais en vérité, les équilibres y étaient fragiles, et les silences souvent plus éloquents que les mots.

Très jeune, j'ai compris que les règles n'étaient pas les mêmes pour tous. Mon petit frère semblait libre de ses mouvements, libre de ses caprices. Il courait, riait, jouait, comme s'il appartenait à un autre monde. Moi, j'étais celle qu'on appelait quand il fallait faire la vaisselle, arroser les légumes, remplir les seaux d'eau, ou encore veiller sur ma petite sœur. J'ai accepté ces responsabilités, car elles me donnaient un rôle, un ancrage dans cette maison. Mais au fond de moi, une question grandissait : pourquoi moi ?

Ce que j'ai le plus détesté, ce que je n'ai jamais pu apprivoiser, c'était les disputes entre mes parents. Ces éclats de voix dans la nuit, ces portes qui claquent, ces silences pesants qui s'étendent jusqu'au matin. J'étais spectatrice impuissante de la douleur de ma mère, et à chaque altercation, je sentais son cœur se briser un peu plus. Les larmes me montaient sans que je puisse les retenir. Enfant, je n'avais pas les mots, mais je portais déjà le poids de cette violence sourde qui rongeait notre foyer.

Un jour, un souffle nouveau est entré dans notre vie : Grand-mère Suzanne. La mère de mon père. Elle avait travaillé à Antananarivo, et pendant des années, elle nous envoyait de petits trésors – des jouets, des vêtements, des douceurs qui nous faisaient rêver. En 2010, trop âgée pour continuer à travailler, elle est revenue vivre avec nous. Cette année-là, notre famille s'est agrandie avec la naissance de mon petit frère Damien, notre quatrième.

La présence de ma grand-mère fut comme une bénédiction. Elle nous aidait à faire nos devoirs, nous racontait des histoires anciennes avec cette voix douce et pleine de sagesse. Elle était comme un pilier silencieux, un rempart contre l'agitation. Grâce à elle, une partie de mes responsabilités se sont allégées. Elle a veillé sur Damien avec tendresse, me libérant d'un fardeau que je n'osais pas avouer trop lourd.

Mais le repos traditionnel de ma mère, selon la coutume *Mifana* – qui exige qu'une femme reste allongée au moins un mois après l'accouchement – a fait que l'organisation de la maison est tombée entre mes mains. Mon père, souvent absent, ne passait que peu de temps avec nous. J'étais là, au cœur du foyer, à recoudre tant bien que mal les morceaux épars du quotidien.

Ce chapitre de ma vie m'a appris deux choses : d'une part, la valeur du soin – donner, aider, porter sans toujours recevoir. Et d'autre part, l'importance d'une présence féminine forte. Ma grand-mère m'a transmis bien plus que de l'aide : elle m'a montré, sans le dire, qu'une femme peut être une colonne vertébrale, une mémoire vivante, et parfois même, une bouée dans les tempêtes.

L'épreuve et la lumière

L'année 2012 fut marquée par deux événements qui allaient laisser une empreinte durable dans mon cœur. Ce fut d'abord l'arrivée de Rindra, notre cinquième enfant, une petite fille douce comme l'aurore. Elle apporta avec elle un souffle d'innocence, un nouveau rythme dans notre vie déjà bien remplie. Mais cette même année, alors que j'étais en classe de 8e, la maladie frappa sans prévenir.

Ce fut une fièvre implacable, violente, que les anciens appelaient « fièvre jaune ». Mon corps, soudain privé de force, fut cloué au lit pendant deux longs mois. Je ne pouvais ni me lever ni marcher. Mon visage était pâle, mes membres inertes. Autour de moi, l'inquiétude se lisait dans les yeux de chacun. Les moyens manquaient : aller à l'hôpital était hors de notre portée. On se tourna vers les remèdes traditionnels, ces décoctions de feuilles et d'écorces, transmis de génération en génération. Et malgré tout... j'ai survécu.

Je dis que j'ai survécu, mais au fond, je crois que j'ai été portée. Portée par la grâce, portée par l'espoir têtu qui ne m'a jamais quittée. Même alitée, mes pensées volaient vers l'école. Je m'imaginais assise à ma table, entourée de mes camarades, suivant les leçons, apprenant, avançant. Je les admirais de loin, ces élèves en uniforme, ces voix d'enfants qui résonnaient jusque sous ma fenêtre. Lorsque la fièvre a commencé à me lâcher, que mon corps s'est remis à répondre, j'ai saisi le premier livre qu'on m'a confié. Mon professeur m'en avait laissé quelques-uns, comme un clin d'œil d'encouragement silencieux. Je lisais, je mémorisais, je me reconstruisais.

Contre toute attente, j'ai repris les cours. Et à la fin de l'année, je suis passée en 7e... en quatrième position de la classe. Un petit miracle tissé de volonté, de patience et d'amour.

Mais l'année suivante, d'autres tempêtes se sont levées. La maison était devenue un champ de tension. Les disputes entre mes parents se faisaient plus fréquentes, plus violentes. Mon père avait commencé à boire. Un soir, ce fut l'explosion.

Une dispute comme je n'en avais jamais vue. Les murs semblaient vibrer, les voix s'entrechoquaient comme des pierres. J'avais envie de hurler, mais à la vue de mes petits frères et sœurs, je me suis tue. J'ai serré les dents, j'ai avalé mes larmes. Le silence qui suivit fut plus lourd que le bruit. Cette nuit-là, j'ai pleuré sans relâche. Je me suis mise à genoux et j'ai prié : *"Que demain soit un jour meilleur, Seigneur, s'il te plaît."*

Le lendemain matin, la lumière était grise. Ma mère, le regard éteint, préparait une valise. Avant que je parte à l'école, elle m'a prise à part. D'une voix brisée, elle m'a dit :

— *Je rentre chez moi. Je ne supporte plus ce que ton père me fait subir. Sois gentille, veille sur tes frères et sœurs. Étudie bien. Vous viendrez chez grand-mère pendant les vacances.*

Je ne pouvais répondre. J'ai pris mon cartable, les yeux noyés de larmes, la gorge nouée. Rien ne rentrait dans ma tête ce jour-là. En classe, je me suis effondrée, incapable de retenir mes pleurs. Tous les regards se sont posés sur moi. Alors, je suis sortie.

Et là, dehors, au détour d'un chemin, j'ai vu ma mère. Elle portait un seau pour aller chercher de l'eau. En me voyant, elle m'a souri doucement et m'a dit : — *Ne t'inquiète pas. Je vais rester. Ta grand-mère m'a fait comprendre certaines choses.*

Cette phrase résonne encore en moi aujourd'hui. Ma grand-mère – la mère de mon père – avait trouvé les mots pour retenir ma mère. Quand je suis rentrée à la maison, ma mère m'a tout raconté. Mon père l'avait profondément blessée, mais malgré cela, elle avait choisi de rester. Pas pour lui. Pour nous.

Ce jour-là, j'ai compris la force d'une mère. Malgré ses propres blessures, elle nous a couverts de conseils, d'encouragements, de visions pour l'avenir. — *Mes parents n'ont jamais compris l'importance des études,* disait-elle. *Pour eux, il suffisait de savoir lire et écrire. Mais moi, je ne referai pas cette erreur. Je veux que vous alliez plus loin. Profitez tant que vous en avez la chance.*

Depuis ce moment, elle est devenue bien plus qu'une mère. Elle est ma confidente, mon modèle, ma meilleure amie. Je l'aime d'un amour si profond que je ne peux concevoir un monde sans elle.

Mon père, ce mystère silencieux

À la maison, rien ne s'arrangeait vraiment. Mon père buvait souvent. L'alcool semblait être devenu son compagnon le plus fidèle. Parfois, il revenait tard, titubant, les yeux rougis, les mots durs. D'autres fois, plus rares, il rentrait sobre. Ces jours-là, il pouvait s'impliquer un peu, suivre l'organisation que ma mère s'efforçait de maintenir. Il accomplissait quelques missions, rendait quelques services. Mais même dans ces moments-là, il restait distant. Il était souvent absent — physiquement ou mentalement.

Et pourtant… quand j'étais petite, il avait cette habitude que je n'ai jamais oubliée. Chaque fois qu'il rentrait, il nous apportait quelque chose : un sachet de biscuits, une poignée de pistaches, ou du *mokary*, ce pain fait à base de farine de riz et de banane. Même s'il n'avait pas grand-chose, il trouvait toujours un petit moyen d'exprimer son amour.

Dès que nous le voyions approcher de la maison, mes petits frères et sœurs se mettaient à courir dans tous les sens en criant : « *Papa arrive ! Papa arrive !* » On avait hâte de découvrir ce qu'il avait ramené. Parfois, s'il revenait d'une fête, il cachait dans ses poches quelques morceaux de viande ou un bout de gâteau pour nous faire plaisir. Ces gestes simples, presque anodins, étaient devenus des rituels précieux, des moments de joie dans notre quotidien fragile.

Mais avec le temps, tout cela s'est estompé. Après mon baccalauréat, je suis restée quelque temps chez lui. Et même s'il répétait encore ce geste de temps en temps, c'était devenu rare. Il semblait s'être éloigné de nous, préférant la compagnie de ses amis, de l'alcool… et du bruit qui couvre le silence intérieur.

Je ne comprends pas vraiment ce qui a changé. Parfois, je sens qu'il nous aime encore. D'autres fois, vu son comportement actuel, une part de moi lui en veut. Je lui ai déjà parlé, j'ai essayé d'ouvrir mon cœur. Mais rien ne semble bouger. Il m'écoute à peine, ou il se referme. C'est dur. Très dur.

Ma mère me dit souvent : « *Il reste ton père, peu importe son caractère, peu importe ce qu'il fait.* » Et elle a raison. Mais au fond de moi, il y a ce tiraillement. Cet amour qui persiste, cette douleur qui colle. Ce mélange d'attachement et de déception.

Et pourtant, je ne peux pas oublier ces petits moments d'enfance, ces gestes tendres, ce papa que j'attendais avec impatience. Je crois que c'est cela, au fond, qui me garde attachée à lui. Parce qu'avant de s'effacer, il avait été là. Il avait essayé. Un peu.

Pendant ce temps, c'est ma mère qui portait tout. Elle était le pilier. La lumière. La direction. Elle s'occupait de la maison, nous éduquait avec sagesse et douceur, tenait bon dans les tempêtes. Elle jonglait entre l'amour, la survie, et l'éducation de ses enfants, avec une force que je n'ai compris que bien plus tard. Son sourire cachait souvent l'épuisement, mais jamais elle ne pliait.

C'est là que j'ai compris une chose essentielle : quand l'équilibre dans une famille est rompu, quand l'un des deux parents se désengage, c'est toute la structure qui devient fragile. Et quand c'est la femme qui doit porter seule ce poids, le foyer avance… mais à quel prix ?

Lettre à tous les pères et futurs pères

À vous, pères et futurs pères, je veux dire ceci : Votre rôle est bien plus grand que vous ne l'imaginez. Vous n'avez pas besoin d'être riches, parfaits ou puissants. Vos enfants attendent bien plus votre cœur que votre argent. Ils attendent votre regard bienveillant, vos bras protecteurs, votre voix rassurante.

Un père absent laisse un vide qu'aucun cadeau ne peut combler. Un père silencieux devient une énigme douloureuse dans le cœur de l'enfant qui espère. Mais un père présent — même avec ses imperfections — devient une source d'enracinement, de courage, d'identité.

N'attendez pas d'être parfaits pour aimer. N'attendez pas d'avoir tout réglé pour être là. Ce que vous donnez aujourd'hui en présence, en attention, en petits gestes — un biscuit, une caresse, un sourire — construit des souvenirs inoubliables dans le cœur de vos enfants. Et cela, aucun regret ne pourra jamais rattraper si vous l'avez laissé passer.

Ne fuyez pas. Soyez ces hommes debout. Ces modèles qu'on admire. Ces piliers qu'on cherche. Il n'est jamais trop tard pour changer. Jamais trop tard pour aimer mieux. Vos enfants vous regardent. Et même s'ils ne le disent pas, ils vous attendent.

Votre fille qui croit en vous.

Une nouvelle vie, une nouvelle solitude

En 2014, j'ai obtenu mon CPE. Une étape importante. Mes parents voulaient m'inscrire dans un collège privé situé à Tsarafidy.

Mais permettez-moi une petite pause ici, pour clarifier un point essentiel. Quand on parle d'école privée, beaucoup imaginent des bâtiments modernes et des frais de scolarité élevés synonymes de prestige. Ce n'était pas du tout le cas.

Ici, une école privée signifie simplement qu'elle n'est pas gérée par le gouvernement. Dans mon histoire, je préfère parler d'« *école privée sociale* » — des écoles qui, bien que privées, sont nées d'une volonté d'aider, d'inclure, de tendre la main aux familles dont les moyens sont modestes.

Ces écoles sont souvent soutenues par des associations, des églises, ou des âmes généreuses qui veulent que chaque enfant, peu importe d'où il vient, ait une chance de poursuivre ses études. Ces personnes, ces structures, ont tout mon respect. Elles redonnent espoir là où l'éducation semble hors de portée.

Mais dans mon cas, il y avait un obstacle de taille : le collège se trouvait à sept kilomètres de notre village.

Sept kilomètres. Chaque jour. Ce n'était pas une simple distance, c'était une épreuve. Une route de poussière, de pluie, de vent et de fatigue. Une route que mes jambes d'enfant allaient devoir affronter matin et soir. Mais cette route, aussi difficile fût-elle, allait devenir le sentier de mon avenir.

Ma mère a alors cherché une solution : me trouver une colocataire pour louer un petit logement à Tsarafidy. Finalement, j'ai emménagé avec une fille de 18 ans. Moi, je n'avais que 11 ans. Nous devions pourtant vivre ensemble et nous débrouiller.

Chaque dimanche après-midi, je partais à pied avec mes bagages pour la semaine : du charbon, du riz, des légumes, du manioc, des patates douces, des vêtements, des cahiers... Le vendredi ou le samedi, je revenais à la maison. C'était le début de ma séparation avec ma famille. Une nouvelle vie commençait, loin de mes repères, à Tsarafidy, un village un peu plus développé que le nôtre, mais où tout me semblait étranger.

À l'école, je n'étais pas la bienvenue. Pieds nus, avec des habits simples et un petit cartable sans fioritures, j'attirais les regards. Mes camarades me dévisageaient de la tête aux pieds, certains murmuraient entre eux, d'autres riaient. Je ne me sentais à ma place nulle part, ni à l'école ni à la maison. Ma colocataire ne me comprenait pas et ne me traitait pas bien. Elle ne m'a jamais mise à l'aise. J'étais seule, en décalage.

C'est là - à l'âge de 11 ans - que j'ai pris conscience de la pauvreté, nous n'étions pas comme les autres.

J'étudiais le soir à la lumière d'une lampe à pétrole. Le matin, en arrivant à l'école, mon nez était noirci par la fumée, et les élèves se moquaient de moi. Je n'avais même pas de miroir pour vérifier à quoi je ressemblais. Pour manger, nous devions faire la gestion durable de deux kilos de riz pendant toute une semaine. L'année scolaire fut difficile. Je n'étais pas au niveau. J'ai tout de même été admise en 5e, mais avec une moyenne de 11/20 seulement.

Les semaines me semblaient interminables. Le vendredi, mon cœur battait de joie à l'idée de retrouver ma famille. Je comptais les jours pour revoir ma mère, mes frères et mes sœurs. Ma mère me réconfortait avec des paroles simples mais puissantes : « *Il faut passer par des épreuves pour réussir. Tu es le miroir de tes petites sœurs et de tes petits frères. Ce que tu fais, ils le reproduiront. Traverse les épreuves avec courage et fais des sacrifices pour récolter de bons fruits demain. Et surtout, ne te compare jamais aux autres.* »

Amitié salvatrice

L'année scolaire suivante, j'ai pris une décision importante : je ne voulais plus vivre à Tsarafidy. J'ai choisi de faire l'aller-retour à pied chaque jour, malgré les 7 kilomètres de marche. C'était fatigant, oui, mais rien n'égalait la joie de vivre auprès de ma famille. Cette proximité, ces échanges du quotidien, valaient tous les efforts du monde.

Heureusement, je n'étais plus seule. D'anciens camarades de mon école primaire avaient aussi rejoint le collège. Ensemble, on s'est organisé. Chaque matin, vers 5h30, on se retrouvait à un point de rendez-vous, les cartables remplis de nos déjeuners, prêts à affronter la journée. On ne rentrait qu'en fin d'après-midi. Le chemin était long, mais on le faisait ensemble. Et le soir venu, j'étais soulagée. Je pouvais enfin parler avec ma mère, lui raconter ma journée, écouter les nouvelles de la maison, et aider mes petits frères et sœurs à faire leurs devoirs.

À l'école, je commençais à m'habituer à l'environnement. Mais malgré cela, je ne trouvais toujours pas vraiment ma place. Les camarades de mon village n'étaient pas dans ma classe, et je restais souvent seule, discrète, observatrice. Ce sont les enseignants qui m'ont donné un peu de force, avec leurs encouragements et leurs regards bienveillants.

Puis un jour, une élève m'a approchée. Elle s'appelait Eliane. Elle m'a raconté son histoire, une histoire qui m'a profondément touchée. Sa mère, une femme célibataire, était décédée quelques mois plus tôt. Depuis, Eliane vivait chez sa tante, et c'était la congrégation religieuse qui gérait notre école qui s'occupait de financer ses études. Elle était brillante, pleine de courage, et elle m'a tendu la main.

Elle m'a proposé qu'on s'entraide dans nos études. C'est ainsi qu'est née une amitié sincère et précieuse. Ensemble, on révisait, on se motivait, on partageait nos rêves. Grâce à elle, je me suis sentie un peu moins seule. Et grâce à cette entraide, mon niveau scolaire a commencé à s'améliorer. À la fin de l'année, j'ai obtenu une moyenne de 13/20. C'était une petite victoire, mais pour moi, elle représentait un pas immense.

Une parole d'espoir

Pendant les vacances, une opportunité s'est présentée. Une grand-mère, une parente éloignée vivant à Fianarantsoa

Ville, avait proposé à ma mère de nous accueillir, mon petit frère Jean de la Croix et moi. Elle était connue comme une femme riche, respectée, et avait promis à ma mère qu'elle prendrait en charge nos fournitures scolaires pour la rentrée. Ma mère a accepté avec espoir, et nous, on était surexcités à l'idée de découvrir la ville : la télé, les belles maisons, une autre vie…

Mais dès notre arrivée, notre enthousiasme est tombé. Il n'y avait pas de télévision, car sa religion l'interdisait. Très vite, on a compris qu'on n'était pas là pour se reposer. Chaque jour, elle nous assignait une longue liste de tâches : ménage, cuisine, lessive, courses… On n'avait même pas le droit de jouer. Nos repas étaient différents des siens, plus simples, plus maigres. Petit à petit, la nostalgie de notre village s'est installée. On regrettait d'être venus. Mais sans téléphone, on ne pouvait pas prévenir notre mère. On était coincés.

Chaque matin, à 5h, elle nous obligeait à l'accompagner à l'église. Sa religion n'était pas la nôtre, et on ne comprenait pas vraiment leurs prières. On s'asseyait, perdus, fatigués.

Jusqu'au jour où le prêtre a lu un verset qui a touché mon cœur :

« *Mon fils, donne-moi ton cœur, et que tes yeux prennent plaisir à mes voies.* » Il a ajouté, « *Même si tu commences petit, tu finiras grand.* »

Ces paroles m'ont bouleversée. J'ai repensé à tout ce que j'avais vécu à l'école : les regards, les moqueries, le rejet. À ce que mon frère et moi étions en train de vivre ici, dans cette maison pourtant censée être un refuge. Et là, une voix intérieure s'est levée en moi : « **Je vais étudier. Je veux devenir la meilleure. Je veux changer ma vie.** »

Deux semaines plus tard, mon père est venu nous rendre visite. Rien que de le voir, on a sauté de joie. On a cru qu'il venait pour nous ramener à la maison. On a couru faire nos bagages, prêts à repartir. Mais il était surpris : il ne comptait pas nous emmener, juste passer nous voir. Pourtant, on a insisté. Ensemble, mon frère et moi, on lui a dit d'une seule voix : « *Papa, on veut rentrer avec toi.* »

L'année de la revanche

La nouvelle année scolaire approchait, et cette fois, j'étais impatiente. J'avais un feu en moi, une envie profonde de prouver à tous – à mes camarades, à mes enseignants, à moi-même – que j'étais capable. Capable d'être la meilleure, même si j'étais différente. Même si mes habits n'étaient pas à la mode, même si mes repas étaient simples, même si je venais d'un petit village oublié.

Un prêtre du collège, touché par ma situation, a pris une décision qui allait tout changer : il ne supportait pas l'idée que je fasse chaque jour les 7 kilomètres à pied pour aller et revenir de l'école. Il a décidé de payer mon loyer pour un an. Grâce à lui, j'ai pu retourner vivre à proximité du collège. Je suis revenue dans la même maison que l'année précédente. Mais cette fois, nous étions quatre : moi, ma colocataire habituelle, mon petit frère Jean de la Croix (qui venait d'avoir son CPE), et une cousine de ma colocataire. J'étais la plus jeune des filles, mais j'apprenais à m'adapter, à cohabiter, à trouver ma place.

J'étais déterminée. Dans tous mes cahiers, j'avais soigneusement recopié les paroles que j'avais entendues pendant les vacances à l'église. Ces mots étaient devenus mon moteur. En classe, je participais, je me portais volontaire pour aller au tableau, je répondais aux questions. Dès que j'avais une minute libre, je révisais. Avec Eliane, on s'entraidait toujours, on s'encourageait mutuellement. On formait une petite équipe de résilience et de persévérance.

Et puis... les résultats sont arrivés. À la première épreuve, j'ai eu la moyenne de 15/20. Puis 16/20. Et un jour, le professeur a annoncé que j'étais la première de la classe. Je suis restée major jusqu'à la fin de mes années au collège.

À mesure que mes résultats grimpaient, le regard des autres changeait. Ceux qui m'ignoraient ou se moquaient de moi venaient maintenant m'adresser la parole : – *Comment tu fais pour avoir de si bonnes notes ?* Même les professeurs étaient surpris de mon évolution.

Petite colocation, grande famille

À la maison, la vie communautaire n'était pas toujours simple. On avait des caractères différents, des habitudes qui parfois s'entrechoquaient. Mais avec le temps, on a trouvé notre équilibre. On partageait les tâches, on mettait en commun les provisions que nos familles nous envoyaient. On apprenait à gérer une petite famille, entre sœurs et frères d'occasion.

Mais la pauvreté frappait toujours à notre porte. Certains jours, mes parents n'avaient pas les moyens de m'envoyer de l'argent. Ma mère me donnait ce qu'elle pouvait : parfois 200 ariary, parfois 400… avec un kilo de riz pour tenir toute la semaine. On calculait tout, on économisait chaque grain.

Et chez nous, la situation devenait encore plus difficile. Les récoltes étaient de moins en moins bonnes, les revenus quasiment inexistants. Les mois d'octobre à décembre étaient les plus rudes. C'était la période où les réserves étaient vides, et les nouvelles récoltes n'étaient pas encore là. Parfois, on passait des jours à chercher quoi manger.

Lettre à tous les collégiens, lycéens et étudiants loin de chez eux

À vous, jeunes filles et garçons qui avez quitté votre maison, votre village, votre famille pour étudier, pour apprendre, pour bâtir un avenir meilleur...

Je veux vous dire ceci : Vous êtes courageux. Même si vous ne le ressentez pas toujours, il faut du courage pour quitter ce qui est familier et partir vers l'inconnu avec pour seul bagage vos rêves et vos espoirs.

Peut-être que certaines nuits, la solitude vous serre le cœur. Peut-être que vous avez faim, pas seulement de nourriture, mais de réconfort, d'un mot doux de votre mère, d'un regard fier de votre père. Peut-être que parfois, vous doutez : "Est-ce que tout cela en vaut la peine ?"

La réponse est oui. Chaque effort, chaque larme, chaque réveil difficile, chaque examen passé avec le cœur battant, chaque repas sauté faute de moyens — tout cela vous façonne. Vous êtes en train de construire non seulement un avenir, mais une force intérieure que personne ne pourra vous enlever.

Vous avez quitté votre maison, mais vous n'avez pas quitté l'amour de ceux qui croient en vous. Vos parents, vos frères, vos sœurs, vos communautés pensent à vous, même en silence. Et il y a en vous une lumière que les circonstances ne peuvent éteindre : la foi en un lendemain meilleur.

Accrochez-vous à vos valeurs. Ne laissez pas la fatigue, la pression ou les influences vous faire perdre de vue pourquoi vous êtes là. Étudier n'est pas seulement un devoir, c'est une chance. Une arme pacifique pour transformer votre vie et, à travers elle, celle de beaucoup d'autres.

N'oubliez pas non plus que vous n'êtes jamais seuls. Même si personne ne vous téléphone aujourd'hui, même si vos parents ne peuvent pas vous envoyer de l'argent ce mois-ci, même si vous vous sentez oubliés — il y a un Dieu qui vous voit, qui vous connaît par votre nom, et qui marche avec vous. Il est votre refuge dans les moments difficiles, votre conseiller silencieux quand vous ne savez plus à qui parler. Tournez-vous vers Lui. Parlez-Lui. Faites-Lui confiance.

Et surtout, ne lâchez pas. Continuez. Avancez. Tombez, relevez-vous. Votre persévérance est une semence puissante. Vous verrez un jour les fruits qu'elle portera, et ce jour-là, vous vous souviendrez que chaque sacrifice avait un sens.

Avec admiration et espérance, Une grande sœur qui croit en vous.

03

La Pousse Courageuse

Quand la graine ose briser la terre pour chercher la lumière. Quitter son village, affronter l'inconnu, vivre loin des siens… c'est comme sortir de terre, fragile, mais déterminée. Mon départ pour Nosy-Be fut à la fois un arrachement et une renaissance. Là-bas, j'ai découvert un autre visage de Madagascar, une beauté immense et multiple, des personnes au cœur large, des rencontres qui m'ont élevée. Ce fut le temps des grandes découvertes, des remises en question, mais aussi des premières récoltes de confiance en soi. La pousse commençait à grandir, irrégulière mais vivante, portée par l'espérance.

Une petite victoire, un grand pas

Malgré toutes les épreuves, cette année-là nous a offert une immense joie : la naissance de ma petite sœur, Cacia. C'était en 2018, l'année où j'ai obtenu mon BEPC. Une double victoire pour notre famille. Deux raisons de sourire, malgré les difficultés.

Mais chaque étape franchie ouvre la porte à un nouveau défi. Le BEPC marquait la fin du collège, et donc le début du lycée. Un passage important dans notre système éducatif, qui implique bien souvent un changement d'école... et parfois même, de lieu de vie. En avançant dans les études, on s'éloigne de plus en plus de son village, de sa famille, de tout ce qui nous est familier.

À ce moment-là, tout le monde pensait que je voulais devenir religieuse. Même ma tante l'imaginait.

Ma tante ? C'est la sœur de mon père. Une femme consacrée, d'un grand cœur, qui avait longtemps servi à Nosy-Be. Elle avait suivi de près mon parcours scolaire et voyait en moi une jeune fille sérieuse, calme, peut-être même destinée à une vocation spirituelle. Elle croyait en moi… à sa manière.

Un jour, elle m'a tendu une proposition qui allait tout bouleverser.

Elle connaissait un lycée à Nosy-Be, dont la directrice avait été touchée par mon histoire et ma détermination. Cette femme était prête à m'accueillir gratuitement dans son établissement. Une opportunité rare, presque irréelle. À travers ma tante, c'était comme si la vie me tendait la main. Une main discrète, mais ferme. Une promesse d'avenir.

J'ai beaucoup réfléchi.

Si je restais au village, les moyens de mes parents ne suffiraient peut-être pas à m'inscrire au lycée. Mon avenir risquait de se figer, suspendu à un rêve trop lourd à porter.

Mais si je partais… je soulagerais ma famille. Et peut-être, là-bas, découvrirais-je autre chose. Une autre manière de vivre, de penser, d'exister.

Alors j'ai dit oui.

Ma tante n'a cessé de me rassurer : — La directrice veut vraiment t'aider. Tu n'as pas à t'inquiéter. Tu ne seras pas seule.

Et ce jour-là, j'ai compris quelque chose : il n'est pas toujours nécessaire d'avoir un grand rêve pour faire un grand pas. Parfois, il suffit d'un besoin simple : celui de continuer à avancer.

J'ai quitté ma maison. Le cœur chargé d'espérance. Les bras remplis de silence. Je ne savais pas ce que l'avenir me réservait à Nosy-Be. Mais ce que je savais, c'est que rester là, là où rien ne bougeait, n'était plus une option.

Nouvelle île, nouvelle vie

Nosy-Be. Le nom sonnait doux, presque chantant. Mais ce n'était pas chez moi. En arrivant sur cette île, tout m'était inconnu.

La directrice de l'école m'a accueillie avec bienveillance. J'ai vécu chez elle les premiers jours. Une semaine, m'a-t-elle dit. Une semaine pour me poser, comprendre l'environnement, et trouver une solution plus stable.

Très vite, j'ai remarqué les différences. La langue, d'abord. Ici, on parlait *sakalava*, une langue que je ne connaissais pas. Le climat, aussi : lourd, chaud, humide. Rien à voir avec les collines de mon enfance. Et puis les gens. Leur façon de parler, de s'habiller, de marcher dans la rue. Tout semblait étranger.

Mais ce n'était pas seulement un décalage culturel. C'était aussi une question de choix. La directrice et ma tante ont tenté de me convaincre d'entrer dans une congrégation religieuse. Elles voyaient là une voie stable, une mission noble, un abri. Quand j'étais petite, j'avais parfois rêvé de cela. Mais aujourd'hui, je savais que ce chemin ne serait pas le mien. Je portais une responsabilité dans mon cœur : celle d'être un soutien pour mes frères et sœurs. De devenir un levier pour ma famille. Et pour ça, je devais suivre une autre route.

Elles ont compris. Elles ont cherché une autre solution. Deux jeunes du village de la directrice — un cousin et une cousine — venaient aussi s'installer à Nosy-Be. Ils étaient là pour travailler. Moi, j'étais là pour étudier. La directrice nous a installés dans un petit appartement à l'intérieur de l'enceinte de l'école.

La cohabitation n'était pas simple. Nous n'avions pas les mêmes objectifs, pas les mêmes rythmes, pas la même énergie. Je me sentais seule dans mes devoirs, isolée dans mes cahiers. Et en classe, c'était encore plus dur.

Le français était ma plus grande barrière. Les cours étaient dispensés dans cette langue, et moi, je me débattais avec un niveau trop bas. J'avais appris à comprendre les *Sakalava* dans la rue, mais à l'école, chaque leçon était un combat. Suivre devenait une lutte quotidienne.

Quelques mois plus tard, mes colocataires ont trouvé des partenaires de vie et ont déménagé. J'ai changé de compagne de chambre. Cette fois, c'était une cousine de Marie, une jeune femme qui venait d'obtenir son baccalauréat et qui suivait une formation d'un an sur l'île.

Elle était douce, bienveillante. Elle m'a accueillie comme une petite sœur. Avec elle, j'ai respiré un peu mieux. Nos silences étaient paisibles. Nos rires, sincères. Et pendant quelque temps, j'ai senti que je n'étais plus si seule.

L'absence et les épreuves

Le temps passait, et avec lui, les repères changeaient. Ma tante, celle qui avait ouvert cette porte vers un avenir nouveau, a été affectée à Fianarantsoa. Son départ m'a laissée avec un vide, une sensation d'abandon douce-amère. Heureusement, Marie, ma cousine de cœur, était encore là. Grâce à elle, je ne me suis pas effondrée.

Mais les choses bougent vite dans ce genre de vie. Quelques mois plus tard, sa formation s'est achevée. Elle est rentrée chez ses parents, me confiant à sa cousine — une femme déjà mariée, avec des enfants.

C'était une autre maison, une autre atmosphère. Pas de gestes de tendresse, pas de rires partagés. J'étais chez quelqu'un, pas chez moi. Et quand on vit chez quelqu'un, on apprend vite que la reconnaissance passe par les corvées. Il fallait faire le ménage, cuisiner, s'occuper de la maison avant même de penser aux devoirs.

Je faisais ce qu'on attendait de moi, mais au fond, je souffrais. La nostalgie me rongeait. Mon village me manquait. Ma famille. Même notre vie simple, sans rien, mais pleine d'amour. Ici, j'étais seule. Ici, j'étais une étrangère.

Le bac approchait, et je sentais mes forces m'abandonner. Mon corps était fatigué. Mon esprit aussi. Je me suis dit : *Si mes parents avaient les moyens, je ne vivrais pas ça.* J'ai appelé ma tante. Ma voix tremblait.

— *Je ne pourrai pas réussir mon bac si je reste ici.*

Elle m'a écoutée. Puis elle a parlé à la directrice. Et cette dernière, toujours là au bon moment, m'a proposé de revenir vivre dans l'appartement à l'enceinte de l'école. Ce retour a été une bouffée d'air. Je n'étais plus chez quelqu'un, j'étais dans un petit espace à moi. Ma tante m'envoyait 70 000 ariary par mois. Pas beaucoup, mais assez pour du charbon, du riz, du savon.

J'ai appris à organiser chaque sou, à ne rien gaspiller. J'ai appris à gérer mon temps, à m'écouter, à me reconstruire doucement. Je me sentais encore fragile, mais debout. Et surtout : libre de rêver à nouveau.

Trois mois avant l'examen

C'était presque la ligne d'arrivée. Le baccalauréat approchait à grands pas, je sentais la tension monter chaque jour. Je m'étais relevée d'une période difficile, j'avais repris confiance, je tenais bon. Mais parfois, la vie vous teste encore… même quand vous croyez avoir déjà tout affronté.

Un matin, j'ai ressenti une douleur étrange, profonde, comme une lame invisible plantée en moi. J'essayais de l'ignorer, pensant que ça passerait. Mais la douleur ne faisait qu'empirer, au point de m'empêcher de dormir, de marcher, de penser.

Je n'avais pas de famille à Nosy-Be. Pas de maman pour me prendre la main. Pas de papa pour me porter jusqu'au dispensaire. J'ai appelé ma tante, le cœur lourd. Elle m'a dit doucement, comme elle savait le faire : — *Va voir la directrice. Dis-lui tout.*

La directrice, toujours présente dans les moments critiques, m'a regardée avec inquiétude. Elle a appelé un professeur pour m'accompagner à l'hôpital. Là-bas, le verdict est tombé : *opération en urgence.*

Je suis restée figée.

— *Mais… je dois passer mon bac dans trois mois… Je suis seule ici… Et ma famille ne peut pas payer cette opération…*

Le médecin a baissé les yeux, puis m'a demandé le numéro de la directrice. Ils ont longuement discuté. Une heure plus tard, tout était décidé. L'opération aurait lieu le jour même.

Quand je me suis réveillée, j'étais chez la directrice. Elle m'avait installée dans une petite chambre, près d'elle. C'est elle qui m'apportait ma soupe, qui veillait à ce que je prenne mes médicaments. Je n'étais pas son enfant, mais elle m'aimait comme si je l'étais. Elle était ma famille d'urgence.

Trois semaines plus tard, affaiblie mais déterminée, je suis retournée dans mon petit appartement de l'école. J'avais encore des douleurs. Je marchais lentement, un coussin toujours dans le dos, même pendant les cours. Mais j'étais debout. Et c'était déjà une victoire.

Puis l'épreuve de sport est arrivée. Un cauchemar. J'étais officiellement dispensée pour six mois, mais on m'a proposé de faire l'épreuve écrite. Sauf que... j'avais manqué trop de cours. L'écrit demandait des révisions complexes, un manuel entier à étudier. Je n'étais pas prête.

Alors, j'ai pris un risque.

Trois jours avant l'épreuve, je suis allée voir mon médecin et je lui ai demandé, presque comme une supplique : — *Est-ce que je peux faire l'épreuve pratique ? Juste cette fois ?*

Il a soupiré. Puis, il m'a regardée droit dans les yeux. — *Tu peux... mais sans forcer. Doucement. Très doucement.*

Le lendemain, j'ai couru un peu dans la cour de l'école. Mon corps tremblait. J'avais peur. Peur de tomber. Peur de perdre le peu d'énergie qu'il me restait. Mais j'avais une mission. Une seule chose en tête : *Obtenir mon bac. Pour rentrer. Pour prouver que c'était possible.*

Le jour de l'épreuve, je me suis présentée, fragile mais déterminée. Quand le professeur a lancé le départ, j'ai oublié la douleur, j'ai oublié la cicatrice. Je me suis souvenue seulement d'une chose : *je viens de loin. Et je n'ai pas le droit d'abandonner. Je suis une fille des Betsileo.*

J'ai tout donné. Pas pour une médaille. Pas pour une note. Mais pour moi. Pour ma famille. Pour tous les sacrifices.

La directrice m'a accueillie à nouveau chez elle pendant toute la période d'examen. Elle m'encourageait chaque matin. Et quand tout fut terminé… j'ai attendu les résultats le cœur tremblant, mais l'âme fière.

Le Bac

Je me souviens encore de ce matin-là. Le ciel de Nosy-Be hésitait entre pluie et lumière, comme s'il ne savait pas encore que ma vie venait de basculer. Une lueur nouvelle s'était allumée en moi. J'avais réussi. J'avais obtenu le baccalauréat.

Et j'ai pleuré. Longtemps. En silence. Pas de cris, pas de danse, juste des larmes douces et brûlantes, qui portaient en elles bien plus que la joie. Elles coulaient pour toutes les nuits blanches, les kilomètres à pied, les repas sautés, les cahiers gribouillés à la bougie... et toutes ces prières murmurées quand personne ne voyait ma fatigue.

Ce bac, c'était plus qu'un bout de papier. C'était une victoire générationnelle. Car j'étais la première de ma famille à l'avoir obtenu. Ni mes grands-parents, ni mes parents, ni aucun de mes ancêtres — du moins ceux que je connais — n'avaient franchi cette ligne. Et moi, l'aînée, j'y étais arrivée. Je portais cette réussite comme un flambeau. Un symbole.

Une promesse pour mes petits frères et sœurs que, oui, c'est possible.

Le chemin avait été rude. De l'école primaire d'Ambohibory, avec ses bancs fatigués et ses toits qui fuyaient, au collège de Tsarafidy, à sept kilomètres que je parcourais à pied, matin et soir, qu'il pleuve ou qu'il vente. Puis, le grand saut au lycée de Nosy-Be, loin des miens, loin de mes repères. Un vrai parcours du combattant. Mais un parcours béni.

Je pensais à ma tante, qui m'avait tendu la main alors que je n'avais rien à offrir que ma volonté. À la directrice, cette femme au cœur d'or, qui avait cru en moi sans jamais douter. Elles m'avaient portée, guidée, rassurée. Elles avaient vu en moi une lumière que je ne percevais pas encore.

Et puis, **il y** avait Dieu. Toujours là. Dans mes silences, dans mes faiblesses, dans mes élans de courage. C'est Lui qui avait placé ces femmes sur ma route. C'est Lui qui m'avait tenue debout quand je voulais tout abandonner. C'est Lui qui m'a rappelé, encore et encore, que ma valeur ne dépendait pas de mes circonstances.

Ce jour-là, j'ai compris que la foi sincère peut déplacer non seulement les montagnes, mais aussi les traditions, les limitations, et les statistiques.

J'avais le bac. Et avec lui, un nouveau départ. Pas juste pour moi. Mais pour toute une lignée.

Un voyage inattendu

Parfois, les plus beaux voyages commencent par une simple question.

Ce jour-là, alors que je savourais encore l'écho de ma réussite au bac, la directrice s'est approchée de moi, le regard tendre, presque malicieux.

— *Tu veux aller à Diego-Suarez récupérer ton relevé de notes ?*

Je suis restée figée. Diego ? Cette grande ville du Nord dont je n'avais entendu parler qu'à travers les cartes postales et les cours de géographie ? Je l'ai regardée, mi-intriguée, mi-hésitante.

— *Je n'ai personne là-bas… et je n'ai pas les moyens de payer le voyage, ai-je murmuré.*

Elle a souri. Un sourire doux, lumineux, comme ceux des gens qui ont déjà une solution en réserve.
— *Je veux que tu voies Diego au moins une fois avant de rentrer à Fianarantsoa. C'est un autre monde. Je vais voir si l'un de tes camarades peut t'héberger.*

Et c'est là qu'est entrée en scène Jessica.

Jessica… Ce n'était pas qu'une camarade. C'était une fille au cœur grand comme l'océan qui borde Diego. Toujours prête à tendre la main, toujours souriante, toujours douce. Une âme généreuse qui portait en elle une forme rare de compassion, de celles qui devinent les silences et savent réchauffer les cœurs. Elle m'a prise à part, un peu timidement, et m'a dit :

— *Si tu veux, tu peux venir avec moi. Je vais chez ma grand-mère. Je lui parlerai de toi.*

Et elle a parlé. Avec son cœur. Avec cette tendresse qui fait tomber toutes les barrières. Elle a convaincu ses parents, elle a rassuré sa grand-mère, et quelques jours plus tard, nous étions en route. Deux filles, un petit sac chacune, et beaucoup d'espérance dans les yeux.

Diego-Suarez…

Aussi appelé Antsiranana, ce n'est pas juste une ville. C'est un poème posé au nord de Madagascar, entre mer et montagnes. Une baie splendide, des rues animées, un vent qui semble murmurer des secrets anciens, et une lumière dorée qui caresse tout ce qu'elle touche. Là-bas, la terre a l'accent du nord, les visages ont d'autres contours, et même l'air semble différent.

Chaque recoin de Madagascar a son âme, sa personnalité. Fianarantsoa, c'est la terre rouge, la sagesse des hauts plateaux, le murmure des anciens. Tsarafidy, c'était mon enfance, les sentiers, les rivières, les cloches d'église au loin. Et Diego, c'était une invitation à l'émerveillement. Une rencontre avec une autre facette de mon pays, une beauté brute, presque sauvage, comme une peinture vivante.

La grand-mère de Jessica m'a accueillie comme sa propre petite-fille. Aucun soupçon, aucune réserve. Juste de l'amour pur, simple, désarmant. J'étais une étrangère qui devenait soudain quelqu'un de la famille. Encore une fois, la bonté des autres m'ouvrait une porte.

Je découvrais non seulement un lieu, mais aussi un message: Madagascar est vaste, multiple, et riche d'âmes généreuses. Et peut-être que chaque lieu que Dieu me faisait traverser portait en lui une leçon à cueillir, une rencontre à vivre, une preuve que lorsqu'on marche dans la foi, les chemins s'ouvrent toujours.

Le retour au point de départ

De retour à Nosy Be, je me mettais en mode "mission retour". Objectif : regagner ma chère région natale avant la rentrée universitaire. J'étais impatiente, pressée, excitée… et complètement fauchée. J'attendais un petit coup de pouce de ma tante pour financer le voyage, mais le coup ne venait pas. Ni le pouce d'ailleurs.

Je finis par l'appeler. Elle me répondit calmement :
— *Ma chérie, je n'ai pas les moyens.*

Bon. On ne va pas se mentir, j'étais déçue. Mais je ne me suis pas laissée abattre. J'avais un rêve en tête : étudier la chimie à Fianarantsoa. Je m'imaginais déjà en blouse blanche, des lunettes sur le nez, manipulant des tubes à essai avec un air concentré (et un peu dramatique, comme dans les films). J'étais prête à tout… sauf à rester bloquée par un simple billet de taxi-brousse.

Alors j'ai pris une décision radicale : j'ai vendu tout ce que je possédais. Mon lit ? Parti. Ma table ? Vendue. Mon armoire? Adieu. Mes marmites ? Merci pour les bons repas, mais il faut avancer !

Résultat : j'avais enfin de quoi acheter mon billet de retour. Mission (presque) accomplie.

J'ai gardé une seule chose : mon téléphone. Et franchement, même si j'avais voulu le vendre, je doute que quelqu'un se serait battu pour l'avoir. C'était un petit téléphone à touches, un modèle "vintage" dirons-nous, que ma tante m'avait offert à mon arrivée à Nosy Be. Il fonctionnait, oui, mais dans un monde où les selfies et les réseaux sociaux étaient rois, il était à peine digne d'une calculatrice scientifique.

Heureusement, la directrice – fidèle à sa promesse – m'a offert 200 000 ariary. Elle m'avait dit un jour, en guise de motivation :

— *Si tu obtiens ton bac, je t'achète un nouveau téléphone.*

Et elle a tenu parole.
Mais lorsqu'elle m'a tendu l'enveloppe, elle a ajouté avec un sourire plein de confiance :

— *C'est toi qui choisis ce que tu veux faire avec cet argent.*

Et vous savez quoi ? Je n'ai pas acheté de téléphone. J'avais d'autres urgences. Parce qu'entre une coque dernier cri et un pas vers mes rêves, le choix était vite fait.

Une déception, mais pas la fin

Arrivée à Fianarantsoa, je ne suis pas allée directement au village. Je me suis arrêtée chez ma tante, espérant finaliser mon inscription à la faculté de chimie. Mais… la sélection était déjà terminée.

Ma tante, sans oser me le dire directement, pensait peut-être que je devais faire une pause, me reposer, attendre. Mais moi, je ne voulais pas d'année blanche. Pas après tout ce que j'avais traversé.

Je lui ai dit : — *Je veux étudier. J'ai encore un peu d'argent. Je peux payer les droits d'inscription.* Elle a soupiré, puis m'a proposé d'attendre. D'aller d'abord au village, pendant qu'elle se renseignait sur d'autres filières. Je lui ai remis le reste de mon argent. Et je suis partie. Pas de certitude, pas d'assurance pour l'avenir. Mais j'avais ma foi, ma volonté, et mon rêve de continuer. Et parfois, c'est tout ce qu'il faut pour ouvrir un nouveau chapitre.

Lettre à toi, ma petite sœur Malagasy

À toi, jeune fille qui grandis dans un monde parfois trop dur, À toi, qui regardes la vie avec des rêves plein les yeux et parfois des larmes plein le cœur...

Je t'écris cette lettre pour te dire que tu as de la valeur. Pas parce que tu es jolie. Pas parce que quelqu'un te le dit. Pas parce que tu as de bonnes notes, ou que tu sais bien cuisiner, ou que tu aides beaucoup à la maison. Mais parce que tu es toi. Unique. Précieuse. Complète.

Tu es née dans un pays magnifique, mais souvent compliqué. Peut-être que tu vis loin de tes parents pour étudier. Peut-être que tu grandis dans un foyer difficile. Peut-être que tu as déjà connu la peur, l'humiliation, le doute. Mais je veux que tu saches ceci : ce que tu vis aujourd'hui ne détermine pas qui tu es destinée à devenir.

Tu n'es pas condamnée à répéter les souffrances du passé. Tu n'es pas née pour rester à ta place. Tu es née pour avancer, pour grandir, pour oser, pour bâtir. Tu as en toi la force des femmes Malagasy : résilientes, courageuses, travailleuses. Tu portes en toi la beauté de l'avenir.

Ne laisse personne te faire croire que ton avenir dépend d'un homme. Tu n'as pas besoin de vendre ton cœur pour survivre. Ton intelligence est une richesse. Ta dignité est ta couronne. Ta voix mérite d'être entendue.

Oui, les temps sont durs. Oui, tu verras des filles choisir la facilité. Mais toi, choisis la vérité. Choisis l'honneur. Choisis Dieu. Il est ton refuge invisible, ton conseiller fidèle, ton ami silencieux qui connaît tes rêves les plus secrets. Quand personne ne t'écoute, Lui t'entend. Quand tout te semble fermé, Il prépare un chemin.

Sois fière d'être une fille. Sois fière d'être Malagasy. Sois fière de marcher lentement mais sûrement, vers une vie meilleure, sans compromis sur ton intégrité.

Et souviens-toi : tu n'es jamais seule. Derrière toi, il y a des grandes sœurs, des mères, des femmes qui prient pour toi, qui croient en toi, et qui ont marché ce chemin avant toi. Et devant toi, il y a un avenir à écrire, des portes à ouvrir, et des petites filles qui un jour te regarderont comme un modèle.

Marche avec foi. Avance avec courage. Et n'oublie jamais que tu es plus que suffisante.

Avec tout mon amour, Ta grande sœur qui te serre fort dans le cœur.

04

La Fleur Promesse

Quand la vie fleurit pour offrir aux autres ce qu'elle a reçu.

Une fleur ne fleurit jamais pour elle-même. Elle annonce l'avenir, attire la vie, prépare la récolte. Dans cette dernière étape, il ne s'agit plus seulement de moi, mais de ce que je peux donner, transmettre, semer à mon tour. Mon engagement dans l'entrepreneuriat, ma foi renouvelée, mon amour pour ma terre, tout cela est le fruit d'un parcours que je n'aurais jamais pu imaginer. C'est aussi un appel : celui de rester enracinée, mais de continuer à grandir — pour moi, pour les miens, et pour celles et ceux qui croiront, un jour, qu'eux aussi peuvent germer, même dans les terres les plus improbables.

Retour au village – entre silence et renaissance

Je suis rentrée au village avec dans mon cœur une joie que je n'arrivais pas à contenir. Après tant d'années de silence, de solitude, de combats intimes et de rêves murmurés à Dieu, j'avais franchi une étape que peu pensaient possible. J'avais eu le baccalauréat. Je revenais avec une fierté douce, pas arrogante. Une fierté de celle qui naît dans la poussière, entre les champs et les nuits d'études sans lampe, entre la maladie et l'épreuve, la foi et la persévérance.

Mon retour dans la famille fut un moment de joie mêlé de douleur. J'ai retrouvé un environnement profondément changé. Ce n'était pas seulement les lieux qui avaient vieilli, c'était aussi les regards, les silences, la fatigue dans les gestes de ma mère. Mes petits frères et sœurs avaient grandi. La dernière-née avant mon départ ne me reconnaissait pas. Ma mère, elle, portait déjà une nouvelle vie en elle — notre septième. Mais derrière les sourires de retrouvailles, je sentais que la vie à la maison avait pris un tournant sombre. La pauvreté semblait s'être installée avec arrogance.

Ma mère m'a ouvert son cœur. Elle m'a raconté les combats solitaires qu'elle menait chaque jour. Mon père, autrefois un homme tendre et responsable, s'était laissé engloutir par l'alcool. Il n'était plus que l'ombre de celui que j'avais connu petite. Et moi, je l'avais connu avant. J'étais le premier fruit de son amour avec ma mère. J'avais encore en mémoire les jours heureux, avant que l'alcool ne le vole à nous tous. J'avais toujours gardé l'espoir qu'il pourrait faire mieux.

Un soir, je l'ai pris à part. J'ai voulu lui parler comme une fille parle à son père. Je lui ai parlé avec tout le respect et tout l'amour que j'avais encore pour lui, même caché sous la colère. Je lui ai rappelé qu'il était le pilier de notre famille. Que sa présence, ses choix, sa force étaient attendus. J'espérais qu'à mon retour, après la rentrée universitaire, il aurait changé.

Mais en revenant de Fianarantsoa quelques mois plus tard, j'ai retrouvé un père encore plus éloigné. Rien n'avait changé. Pire, alors que ma mère s'apprêtait à accoucher, aucune préparation n'était faite. C'était le néant. C'est là que j'ai pris une décision douloureuse : j'ai arrêté mes études.

Avec l'argent que j'avais gagné et mis de côté, j'ai acheté des vêtements et du matériel pour le bébé. Le reste, je l'ai investi dans de petites marchandises à revendre au village. Je voulais au moins alléger un peu le fardeau de ma mère. Je l'ai aidée à la maison, j'ai retrouvé la joie d'être en famille — sauf avec mon père. Je ne voulais plus voir son visage. J'avais de la haine, oui, de la vraie haine envers lui. Il vendait notre récolte de riz pour s'enivrer avec ses amis. Je me suis révoltée: « *Qu'est-ce qu'on va manger durant l'année si on vend notre récolte pour faire n'importe quoi ?* » Mais mes paroles ne touchaient rien en lui. Il continuait, comme si de rien n'était.

Un choix douloureux mais nécessaire

Alors j'ai pris une décision. J'ai dit à ma mère :

« Je vais arrêter mes études. Ce bébé arrive bientôt. Et tu ne peux pas faire ça toute seule. »

Je suis remontée à Fianarantsoa pour en parler à ma tante. Avec l'argent qu'il me restait, j'ai acheté des vêtements et des produits pour le bébé. Puis, j'ai investi le reste dans des marchandises à vendre au village. Je voulais aider. Soutenir. Être présente. Être utile.

J'étais heureuse d'être là, près de ma mère. Mais je ne pouvais plus regarder mon père sans colère. Je ne voulais même plus voir son visage. Et pourtant... au fond de moi, une petite voix persistait, comme un murmure de Dieu :

« Ne perds pas l'espoir. Ce n'est pas fini. »

Lettre à toi, jeune adolescent(e)

À toi qui es en train de grandir, de découvrir la vie, À toi qui vis cette période étrange et intense qu'on appelle l'adolescence...

Je sais que ce n'est pas facile. Tes émotions sont comme des vagues : parfois calmes, parfois violentes. Tu peux t'énerver vite, vouloir imiter les autres, te sentir incompris ou avoir l'impression que personne ne voit ce que tu ressens vraiment. Tu crois souvent avoir raison, et c'est normal — c'est l'âge où on cherche à s'affirmer, à trouver sa place.

Mais il y a des moments où tout semble flou. Des disputes à la maison, des absences qui pèsent, un vide affectif... Tu te demandes peut-être si tu comptes vraiment pour quelqu'un. Et c'est là que les mauvaises décisions tentent de s'infiltrer, en te promettant un soulagement rapide, une illusion de bonheur.

Tu cherches à guérir ta peine, à remplir un vide, à faire taire une douleur... Mais attention : prendre des décisions dans la précipitation peut te faire beaucoup de mal.

Je veux te dire une chose importante : sois patient(e).
Oui, c'est dur. Oui, parfois tu as l'impression que ça ne
changera jamais. Mais avec le temps, je te promets :
les blessures guérissent. Chaque effort que tu fais,
chaque larme que tu caches, chaque pensée qui
traverse ton cœur... Dieu les voit. Il est là, même quand
tu ne Le sens pas. Si tu Lui confies ta vie, Il te guidera.
Il connaît tes rêves, tes blessures, ton besoin d'amour.

Et un jour, tu comprendras que ce que tu traverses
aujourd'hui n'était qu'une épreuve — difficile, mais pas
éternelle.

Je veux aussi te donner un conseil précieux :
approche-toi des adultes. Pas seulement tes parents,
mais aussi les voisins, les enseignants, les grand-mères
et même les anciens du quartier. Écoute leurs
histoires. Discute avec eux. Ils ne sont pas parfaits,
mais ils ont vécu. Ils ont traversé des tempêtes, fait des
erreurs, surmonté des douleurs... et ils peuvent t'aider
à éviter certains pièges.

Moi aussi, j'ai vécu ces moments de doute. Et même
aujourd'hui, je continue d'apprendre grâce aux
conseils des aînés. Avant de prendre une décision, je

réfléchis, j'analyse, je me rappelle ce que les anciens m'ont dit. Parce qu'ils savent. Ils ont vu des choses que tu ne peux pas encore imaginer.

Alors marche doucement, mais avec assurance. Ne laisse pas la douleur dicter tes choix. Entoure-toi de gens sages. Et surtout, n'oublie jamais : tu n'es pas seul(e). Tu as une valeur immense, un avenir devant toi, et un Dieu qui t'aime plus que tu ne peux l'imaginer.

Avec tendresse et foi en toi, Une grande sœur qui croit en ta lumière.

Réflexion sociétale

Je pense que mon parcours est typique pour une jeune Malagasy. Beaucoup de parents n'ont pas la possibilité de garder leurs enfants près d'eux ni de financer leurs études jusqu'à la fin. Cela est souvent dû à un manque de moyens : familles nombreuses, mères célibataires, pères absents ou irresponsables, mauvaise organisation de la vie familiale. Ce sont les enfants qui en subissent les conséquences. Ils doivent apprendre à se débrouiller seuls, parfois très tôt.

Dans mon village, la majorité des jeunes de ma promotion n'a pas terminé ses études. Certains ont abandonné dès l'école primaire, d'autres au collège ou au lycée. En général, vers l'âge de 14 ou 15 ans, beaucoup partent en ville chercher du travail pour aider leurs parents. D'autres, au lycée, rencontrent des hommes prêts à subvenir à leurs besoins, et elles quittent les bancs de l'école. Ce qui est encore plus triste, c'est que beaucoup de jeunes filles tombent enceintes de n'importe qui, sans réelle relation, et deviennent mères célibataires très jeunes.

Quand je suis rentrée chez moi après le baccalauréat, j'ai réalisé que la plupart de mes amies d'enfance avaient déjà un enfant. Peu d'entre elles étaient mariées. Et parmi les jeunes garçons, certains sont tombés dans la délinquance, devenant voleurs de zébus. Dans mon quartier et même dans ma propre famille, je suis la seule à avoir pu poursuivre des études universitaires.

Je pense qu'une chose essentielle à changer à Madagascar, c'est la manière dont on pense l'éducation parentale. Les parents devraient apprendre à construire une famille solide, peu importe leur niveau de vie. Cela commence par être à l'écoute de ses enfants. S'ils prennent le temps de comprendre ce que ressent leur enfant, il y aura plus d'échanges, de compréhension mutuelle, d'encouragements. Les enfants, même dans des situations difficiles — pauvreté, séparation, abandon des études, exclusion — pourront se sentir soutenus et aimés. Et cela peut les aider à faire de bons choix, malgré les circonstances.

Quand une famille est unie et solide, les parents font attention à leur comportement devant les enfants. Ils évitent de se disputer en leur présence, cherchent toujours ce qu'il y a de mieux pour le bien-être de tous.

Et les enfants, en retour, respectent leurs parents. Ils sont motivés à réussir, à faire quelque chose pour faire évoluer leur famille, même dans le futur.

Une nouvelle maison, une nouvelle famille

Entre-temps, je gardais contact avec Jessica, une ancienne collègue de Nosy Be. Lorsque je lui ai confié que j'avais dû arrêter mes études, elle a été peinée. Peu après, alors que j'étais en route pour faire des provisions à Fianarantsoa, j'ai reçu un appel que je n'ai pas bien entendu. Une fois arrivée en ville, j'ai rappelé : c'était le père de Jessica. Il m'a expliqué qu'une amie à lui, une mère célibataire vivant à Diego, cherchait une jeune fille pour s'occuper de sa maison et de ses deux garçons. Il m'a dit qu'il était prêt à couvrir mes frais de déplacement si j'acceptais.

Je lui ai demandé un peu de temps. Ma mère allait bientôt accoucher, et je voulais rester avec elle jusqu'à ce qu'elle retrouve des forces. Quand tout s'est bien passé, elle m'a encouragée à saisir cette opportunité : cela pouvait être une chance de reprendre mes études l'année suivante.

Un mois plus tard, début 2022, je suis donc partie pour Diego. Je ne savais pas ce qui m'y attendait, mais j'étais déterminée. J'avais un objectif clair : travailler pour pouvoir étudier.

Chez cette première famille, j'ai trouvé bien plus qu'un simple emploi. Ma patronne, que j'appelle encore aujourd'hui *"Maman"*, m'a accueillie avec respect et bienveillance. Ce n'était pas seulement une relation entre servante et employeuse : elle me traitait comme une fille, me confiait son vécu, partageait ses conseils, et m'écoutait. Elle m'a ouvert les portes d'un monde que je ne connaissais pas. Le travail était exigeant, mais elle savait que je rêvais de reprendre mes études, et elle m'encourageait. Je gagnais 90 000 ariary par mois. Une partie allait à ma mère, le reste, je l'économisais précieusement.

Quand j'ai réussi le concours d'entrée à l'université, le père de Jessica m'a proposé un nouveau poste, cette fois chez la grand-mère de Jessica. Il savait que ce rôle me permettrait de continuer mes études tout en travaillant. J'ai accepté sans hésiter.

Là encore, j'ai été accueillie comme un membre de la famille. Les parents de Jessica m'ont ouvert leur maison, leur cœur, et je les appelais *"Maman"* et *"Papa"*. La grand-mère aussi est devenue ma propre grand-mère. Pour me donner cette opportunité, ils ont même décidé de se séparer de la servante qui travaillait déjà chez elle. Leur geste m'a profondément touchée.

Durant deux ans, j'ai vécu avec cette deuxième famille, partageant mon quotidien entre les cours à l'université, les tâches ménagères, la cuisine, et le linge. Mais je n'étais pas seule. Quand j'avais des difficultés — maladie, fatigue, ou problème personnel — ils étaient là. Ils ont financé mes études, m'ont prêté un ordinateur pour mes cours, et m'ont accompagnée même dans le lancement de mon activité, me donnant des conseils précieux, m'aidant à trouver des partenaires pour mon activité.

Ces deux familles ont été pour moi bien plus qu'un refuge ou un soutien : elles ont été le prolongement de ma propre famille. Grâce à leur amour, leur confiance et leur générosité, j'ai pu me relever, poursuivre mes rêves, et surtout, croire à nouveau que le bien existe, même dans les moments les plus durs.

Je tiens à remercier du fond du cœur ces anges sur terre — ces personnes au grand cœur, compatissantes et généreuses, qui tendent la main à celles et ceux qui ont moins. Ces familles qui deviennent un refuge, un repère, une nouvelle maison pour les jeunes qui, comme moi, ont dû quitter leur foyer pour poursuivre leurs études. Grâce à leur présence, leur écoute, leur soutien matériel et moral, le poids de la solitude s'allège, et l'espoir reprend vie. Sans ces âmes bienveillantes, le chemin serait bien plus difficile, surtout pour les jeunes filles. Beaucoup pourraient être exposées à la tentation, à des choix douloureux, ou même à l'abandon de leurs rêves. À toutes ces personnes qui donnent sans attendre en retour, qui croient en notre potentiel et nous entourent comme leurs propres enfants : merci. Vous êtes la lumière sur notre chemin, la preuve vivante que la bonté existe encore dans ce monde.

La naissance de mon rêve en chocolat

Tout a commencé lorsque j'étais encore au lycée. J'avais une passion particulière pour la chimie. Je ne comprenais pas encore tout, mais j'étais fascinée par l'idée de fabriquer quelque chose de mes propres mains. Je rêvais de créer un produit, même si je ne savais pas encore lequel. C'était une passion silencieuse, un peu naïve, mais sincère.

Quand je suis entrée à l'université, j'ai dû faire un choix plus pratique. Ma situation ne me permettait pas de faire de longues études en sciences. Alors, j'ai opté pour un parcours plus « raisonnable » : Techniques bancaires et assurances. Je pensais que cela me permettrait de trouver rapidement un travail, de subvenir à mes besoins et à ceux de ma famille. La chimie restait dans un coin de mon cœur, mais j'avais d'autres priorités.

Un jour, au cours de mes études universitaires, nous avons eu un module d'entrepreneuriat. Ce fut une révélation. J'ai adoré ce cours. Il m'a ouvert l'esprit et m'a permis de rêver à nouveau. J'ai aussi rejoint le *Club d'Entrepreneuriat Junior*

99

(CEJ), un espace où j'ai trouvé d'autres jeunes comme moi, pleins d'idées, d'énergie et d'espoir.

Pendant les vacances de ma première année, j'ai suivi une formation en fabrication de savon ménager et de toilette. Ce fut ma première expérience concrète dans la création de produit. En janvier 2024, j'ai participé à un concours de projets organisé par le JMCT (*Jeune Malgache Compétent en Travail*), avec mon projet intitulé *"Savon de Diana"*. J'ai terminé à la troisième place et j'ai pu bénéficier d'une formation de trois jours sur la gestion de projet. Ce fut une étape importante pour moi. Je me souviens avec émotion de la présence d'une jeune femme remarquable qui, comme moi, avait présenté un projet autour du cacao.

Peu après, j'ai vu une annonce à l'église pour une petite formation gratuite de fabrication de chocolat. La formation durait seulement une heure, juste le minimum pour apprendre les bases. Mais cette heure a éveillé quelque chose en moi. Une idée. Une étincelle.

En novembre 2024, j'ai pris la décision difficile d'arrêter mes études universitaires. Travailler tout en étudiant était devenu épuisant. Ma situation personnelle et familiale me poussait à trouver rapidement une activité stable. J'ai alors commencé à envoyer plusieurs demandes d'emploi, sans grand succès. En parallèle, je réfléchissais à une activité personnelle que je pourrais lancer. Naturellement, je pensais relancer mon projet de savon. Mais cela demandait beaucoup de matériel, un local, du temps et surtout un espace personnel que je n'avais pas, car j'étais en train de m'occuper de la grand-mère de Jessica et vivais chez elle.

C'est alors que j'ai repensé au chocolat. J'ai décidé d'essayer… et, à ma grande surprise, ça a marché ! C'est ainsi qu'est née "*Tsiry*", ma pâte à tartiner artisanale au chocolat, que je propose en pots de 130g et 250g. *Tsiry* signifie "bourgeon" en Malagasy — un mot doux, simple, mais chargé de symboles. Comme un bourgeon qui pousse lentement à travers la terre, mes débuts ont été timides, incertains, mais porteurs d'un espoir silencieux.

Petit à petit, j'ai commencé à aimer cette activité. Elle m'a offert bien plus qu'un revenu : une raison de croire, une flamme à nourrir. Je me suis mise à expérimenter, à tester différentes recettes, à apprendre chaque jour, souvent seule, parfois avec l'aide de ceux qui croyaient en moi.

Et à travers chaque essai, chaque pot rempli, chaque sourire d'un client satisfait, j'ai compris que je ne faisais pas que du chocolat. Je bâtissais un rêve.

Aujourd'hui, je peux dire que j'ai trouvé un chemin qui me ressemble. Un bel équilibre entre ma passion d'adolescente pour la chimie — cette curiosité pour les mélanges, les textures, les transformations — et mon désir profond d'entreprendre.

Mais ce chemin n'est pas seulement fait de douceurs. Il est pavé de doutes, de remises en question, de fatigue aussi. Il demande de la résilience, cette force silencieuse qu'on ne voit pas toujours, mais qui nous pousse à continuer. Il demande de la patience, parce qu'aucun rêve ne se réalise en un jour. Et il demande surtout de croire : croire en Dieu,

croire en soi, croire que même les choses les plus petites —
comme un bourgeon — peuvent donner naissance à un arbre
solide.

Je suis une jeune femme Malagasy, pleine de rêves, oui.
Mais surtout, je suis la preuve que l'espérance, lorsqu'elle est
portée par la foi et la persévérance, finit toujours par germer.
"Tsiry", ce n'est pas juste une pâte à tartiner. C'est un
symbole. Celui de tous ces commencements humbles,
silencieux, fragiles, mais porteurs de promesses. Et si j'ai pu
le faire, toi aussi, tu le peux.

Je ne sais pas encore où cela me mènera, mais une chose est
sûre : je veux grandir avec ma chocolaterie. Je veux montrer
que même avec peu de moyens, on peut créer quelque chose
de beau, d'authentique, et de porteur d'espoir.

Aujourd'hui, je suis immensément fière de partager que la
jeune femme que j'ai rencontrée lors du concours organisé
par le JMCT fait partie des 25 jeunes sélectionnés à
Madagascar pour représenter notre pays dans le cadre du
projet GYLSCO. Cette initiative met en avant le potentiel

exceptionnel des jeunes leaders passionnés, déterminés à façonner un avenir durable.

La Force Invisible

Quand j'étais petite, la mort me faisait terriblement peur.

Chaque fois que je voyais quelqu'un porter un corps sans vie dans le village, mes jambes tremblaient, et je courais me réfugier à la maison, le cœur battant à tout rompre. Le soir venu, allongée dans l'obscurité, mon imagination s'emballait. Je revoyais le visage de la personne disparue et, dans un murmure, je priais. Je demandais à Dieu de me protéger, de me garder en vie, de ne jamais connaître ce sort qui me terrifiait tant.

C'est dans cette peur que j'ai appris à prier. Et dans cette fragilité, j'ai découvert la foi.

Un jour, j'avais six ans, ma mère m'a emmenée à Ambihimahasoa, une petite ville plus animée que notre village. Nous sommes parties tôt le matin à pied. C'était une belle journée. Mais ce n'est pas la marche que j'ai retenue. C'est le retour. Nous avons pris un bus — c'était la toute première fois que je montais dans un véhicule motorisé.

Avant de démarrer, le conducteur a fait chauffer le moteur, puis enclenché une marche arrière pour se mettre en position. J'ai eu l'impression que le bus allait se renverser. Mon cœur s'est serré. La panique montait. Alors, en silence, j'ai chuchoté : « *Dieu, protège-nous.* »

Ma mère était assise à côté de moi. Elle ne disait rien, mais ses yeux me voyaient.

Plus tard, une fois rentrées à la maison, elle m'a pris doucement par l'épaule : — *Je t'ai observée dans le bus… Tu avais peur, n'est-ce pas ? J'ai senti que tu priais.* J'ai baissé les yeux, un peu honteuse. — *Oui*, ai-je murmuré.

Ce fut la première fois que je réalisai que la prière, même silencieuse, pouvait être perçue. Elle avait traversé mon regard, mon attitude, jusqu'au cœur de ma mère. Et depuis ce jour-là, prier est devenu pour moi une habitude, une ancre, un lien solide entre le ciel et moi.

Chaque nuit, je priais pour mes études, pour ma santé, pour ma famille. Lorsque je suis tombée malade en classe de 8ème, je me suis tournée vers Dieu encore plus intensément. Je lui disais tout : mes douleurs, mes rêves, mes espoirs d'aller à l'école malgré la fièvre et les vertiges. Je lui confiais aussi la souffrance de ma mère, son courage silencieux, ses larmes cachées.

Je ne voyais pas Dieu, mais je sentais sa présence. C'était comme un ami invisible, fidèle, à qui je pouvais tout dire. Je ne comprenais pas tout, mais j'avais confiance. Quand je lui demandais : *Où vais-je aller ? Que dois-je faire ?*, je finissais toujours par recevoir une réponse — dans les rencontres, dans les hasards qui n'en étaient pas, dans les portes qui s'ouvraient là où je ne voyais que des murs.

Les vacances chez ma grand-mère à Fianarantsoa. L'opportunité soudaine d'étudier à Nosy Be. La rencontre avec Jessica, qui a changé ma vision de l'avenir. Je ne crois pas au hasard. Je crois en un plan divin.

Mais au milieu de tout cela, j'ai aussi compris une chose essentielle : Dans la vie, tu as besoin d'une ancre. Un refuge invisible, mais puissant. Quelqu'un de plus fort que tous, en qui tu peux te confier non seulement pour les choses du quotidien, mais aussi pour les situations impossibles.

Les gens ont leurs limites.

On ne peut pas attendre d'eux qu'ils soient tout, tout le temps. J'ai compris que les humains restent humains. Même les plus aimants, les plus présents, peuvent faillir. C'est pour cela que je ne pouvais pas m'appuyer entièrement sur eux. Il me fallait une force plus grande. Quelqu'un d'infaillible.

Pas un prêtre. Pas un pasteur. Pas même quelqu'un qui semble très pieux. Non.

Je parle de quelqu'un qui ne change pas, qui ne te trahit pas, qui ne te déçoit jamais. Quelqu'un qui t'écoute dans le silence, qui t'élève quand tu n'as plus de force.

Je me souviens encore du jour où un prêtre a cité le verset: « *Mon fils, donne-moi ton cœur, et que tes yeux prennent plaisir à mes voies.* » Ce n'est que bien plus tard que j'ai découvert qu'il venait du Livre de Salomon. Et ce verset est resté gravé en moi comme une réponse à tant de questions. C'est cette voix-là, cette promesse-là, qui est devenue mon assurance.

Être adolescente, ce n'était pas simple.

Au collège et au lycée, je n'étais pas comme les autres filles. Je le savais. Je le ressentais. Je venais d'une famille modeste, et chaque victoire était un combat. Mais cette différence m'a forgée. Elle m'a protégée.

Quand d'autres jeunes filles se laissaient séduire par l'idée qu'un homme riche pouvait résoudre tous les problèmes, moi, je regardais au-delà. Je voyais les conséquences, les regrets, les pièges. Je me disais : *Ce n'est pas pour moi.*

On disait souvent que tomber amoureuse pouvait soulager la douleur. Moi, je savais que la fuite ne remplace pas la foi. Je voulais être moi-même. Avoir une personnalité. Rester fidèle à mes valeurs.

Je savais que dépendre d'un homme pour bâtir ma vie serait une erreur. Dieu m'avait donné une intelligence, une volonté, une force unique. Je voulais avancer avec ça. Même si cela prenait du temps. Même si c'était plus difficile. Je croyais que, guidée par Dieu, je pouvais réussir.

Et je continue de le croire.

Lettre aux jeunes entrepreneurs et futurs leaders de Madagascar

À vous, jeunes rêveurs, bâtisseurs d'idées, porteurs de projets...

Vous qui regardez au-delà de ce qui existe pour imaginer ce qui pourrait être. Vous qui osez croire que Madagascar peut se relever, se transformer, grandir. Vous qui refusez de rester les bras croisés à attendre qu'un miracle tombe du ciel — parce que vous avez compris que le miracle, c'est vous.

Je veux vous dire ceci : Ce chemin que vous avez choisi — celui de l'entrepreneuriat, de l'innovation, du leadership — est exigeant, parfois ingrat, souvent solitaire. Mais c'est aussi l'un des plus nobles.

Créer, entreprendre, diriger : ce n'est pas seulement chercher à réussir, c'est accepter de prendre des risques pour construire, pour servir, pour impacter des vies. Vous ne cherchez pas seulement à gagner votre vie, vous cherchez à donner du sens à celle des autres. Et cela, c'est déjà une victoire.

Oui, vous tomberez. Oui, certains se moqueront. Oui, parfois vous serez à bout. Mais chaque chute sera une leçon, chaque critique une invitation à vous renforcer, chaque épreuve un test de votre détermination.

N'attendez pas d'être parfaits pour commencer. Commencez là où vous êtes, avec ce que vous avez. Les plus grandes réussites sont souvent nées dans l'humilité d'un garage, d'une petite idée griffonnée sur un bout de papier, d'un "et si..." lancé dans le silence.

Et surtout, ne laissez jamais les difficultés vous faire croire que vous êtes seuls. Il y a une force plus grande que vous, un Dieu qui voit au-delà des obstacles, qui ouvre des portes là où il n'y a que des murs, qui vous a placés là, en ce temps précis, pour une mission bien particulière. Quand les ressources humaines s'épuisent, les ressources divines prennent le relais.

Madagascar a besoin de vous. Elle a besoin de vos idées, de votre créativité, de votre résilience. Elle a besoin de jeunes qui osent entreprendre autrement — avec intégrité, avec vision, avec un cœur pour le peuple et non seulement pour le profit.

Soyez ces leaders qui n'écrasent pas, mais qui élèvent. Soyez ces bâtisseurs qui ne pillent pas, mais qui plantent. Soyez ces modèles que les générations à venir citeront avec fierté.

Le pays vous regarde. Le monde vous attend. Et Dieu, Lui, vous accompagne.

Avec foi et respect, Une sœur qui croit en votre destinée.

Un chemin pour les miens

Je ne viens pas d'une famille de diplômés. Mes parents n'ont pas eu la chance d'aller bien loin à l'école. Mais si Dieu a ouvert un chemin pour moi, c'était aussi pour que je sois un repère pour mes frères et sœurs. Un genre de boussole humaine version "grande sœur Malagasy motivée", qui encourage à prendre la bonne direction, à faire des choix nobles... et surtout, à éviter les raccourcis douteux qui mènent droit dans le décor.

Alors, autant que je le peux, je les guide. Je leur parle, je les pousse, je prie pour eux. Parce que je crois qu'avec Dieu à mes côtés, et tant que nous marchons dans la vérité, les choses iront pour le mieux. Ce n'est pas juste de l'optimisme, c'est une foi enracinée.

Après mon BEPC et mon départ de Tsarafidy, c'est Jean de la Croix qui a pris le relais. Il y est resté pour continuer ses études, mais chaque jour, il rentrait à pied. Sept kilomètres à l'aller, sept au retour. Même pas un vélo. Un vrai pèlerinage quotidien ! Mais il n'a jamais lâché. Et aujourd'hui ? Il est en formation pour devenir prêtre à Fianarantsoa. Il a eu son bac en 2024 et poursuit maintenant son chemin, pris en charge par les prêtres de la congrégation. Et ce qui me touche, ce sont ses messages, parfois si simples, si profonds :

— *"N'oublie pas de prier, grande sœur."*

À chaque fois, j'ai un petit sourire.

Ma petite sœur Rojo, elle aussi suit ce chemin lumineux. Elle a obtenu son BEPC en 2023 et a intégré une congrégation religieuse, toujours à Fianarantsoa. Une vocation qui me surprend et m'émerveille à la fois. Comme quoi, parfois, les graines semées dans le silence portent du fruit en abondance.

Damien et Rindra, eux, sont encore à Tsarafidy. Chaque jour, c'est le même rituel : les 7 kilomètres à pied, mais ensemble, comme un duo inséparable. Damien, lui aussi, rêve de devenir prêtre. Il passe son BEPC cette année, et s'il l'obtient, il compte entrer au séminaire. Quant à Rindra, elle est en classe de 5ème. Elle a encore deux années devant elle avant d'atteindre ce fameux BEPC. Mais je sens déjà en elle la même soif de bien faire, la même lumière intérieure.

Cacia, la petite perle du primaire, vit dans le village natal de mon père, Ambohibory où notre maison est idéalement posée : un peu en hauteur, entre l'école et l'église. C'est comme un petit triangle sacré — maison, école, église — qui rythme la vie quotidienne. Depuis la cour de l'école, Cacia peut voir au loin la vallée où notre mère cultive encore la terre. Une image simple, mais puissante : l'éducation et la foi, nourries par les racines du travail.

Et puis, il y a Murella. La dernière-née. Elle n'a pas encore l'âge d'aller à l'école. Quand je suis partie pour Diego-Suarez, elle n'avait qu'un mois. Maman me dit souvent qu'elle me ressemble beaucoup. C'est notre petite consolation, à elle et moi. Un lien silencieux entre deux cœurs liés par l'amour et la tendresse.

Oui, nous avons peu de biens, mais tant d'espoir. Et chaque fois que l'un de mes frères ou sœurs avance, je me dis que notre histoire est un chant d'espérance. Un chant que Dieu continue d'écrire avec nous, note après note, pas à pas.

Première Graine, Mais Pas la Dernière

Une graine, si petite soit-elle, contient en elle la puissance de la vie. Elle ne ressemble pas à un arbre, ni à un fruit, ni même à une fleur. Et pourtant, c'est elle qui commence tout.

Je suis cette première graine. Celle que la vie a enfouie dans une terre parfois sèche, parfois généreuse. Une terre où il fallait croire malgré tout. J'ai été semée dans les collines de Madagascar, au cœur d'une famille Betsileo, dans une culture profonde et digne. J'ai poussé au milieu des pierres, des silences, des épreuves. J'ai cherché la lumière quand tout autour semblait obscur.

Aujourd'hui, je ne suis pas encore un arbre. Mais je suis debout. Avec mes feuilles fragiles, mais tenaces. Avec mes racines, plus profondes que jamais. Avec cette certitude dans le cœur : si une graine peut survivre et porter du fruit, alors tout est possible.

Ce livre n'est pas une fin. C'est un début. Le début d'un cycle, d'une saison nouvelle. Ma vie, je la veux féconde. Et je prie pour qu'elle inspire d'autres à croire en leur propre semence.

À toi qui me lis...

Peu importe d'où tu viens. Peu importe ce que tu n'as pas reçu, ou ce que tu as dû surmonter.

Tu es peut-être, toi aussi, *une première graine.*

La première à rêver, à oser, à se lever.

Alors *sème* ton courage.

Arrose ta foi.

Expose-toi à la lumière de l'espérance.

Et *attends* les fruits avec patience.

Le monde a besoin de semeurs. De bâtisseurs silencieux. De premières graines comme toi.

Car chaque forêt a commencé par une seule graine... qui n'a pas abandonné.

Épilogue : La Gloire des Betsileo

Je suis née *Betsileo*. "Be-tsy-leo" : *ceux qui ne plient pas, ceux qui ne cèdent pas.* Pendant longtemps, ce nom sonnait pour moi comme un héritage silencieux, un mot prononcé avec fierté par mes ancêtres, mais dont je ne comprenais pas encore la force. Aujourd'hui, je le porte comme une bannière. Car chaque étape de mon parcours, chaque difficulté surmontée, chaque lueur que j'ai choisie dans l'obscurité, m'a ramenée à cette vérité simple : je suis née pour me tenir debout, même quand le vent souffle fort.

Il y a peu, j'ai été choisie parmi des centaines de jeunes pour intégrer un programme extraordinaire : le *Global Youth Leadership for Sustainable Cocoa (GYLSCO)*. Ce programme international rassemble de jeunes leaders passionnés, issus des pays producteurs de cacao, avec une mission claire : bâtir des communautés durables, responsables et fières, en s'appuyant sur le potentiel immense de la jeunesse. GYLSCO ne parle pas seulement de chocolat. Il parle de justice, de transformation, d'avenir. Il parle de nous.

Être sélectionnée pour représenter Madagascar dans ce programme, c'est bien plus qu'un honneur. C'est une responsabilité. Car désormais, je ne rêve plus seulement pour moi. Je ne lutte plus seulement pour être un exemple pour mes petits frères et sœurs, pour mon village, pour ma communauté. Non. Aujourd'hui, je me lève pour la jeunesse de Madagascar, pour toutes ces filles courageuses qui se lèvent avant l'aube, qui travaillent avec dignité, qui marchent chaque jour vers un avenir incertain avec foi et persévérance.

À travers ma pâte à tartiner, je ne veux pas seulement offrir un goût sucré — je veux offrir une voix, un symbole, une promesse. Une voix pour celles qu'on n'entend pas. Un symbole de courage, de travail honnête. Une promesse que même avec peu, on peut créer, grandir, impacter.

Demain, je rêve de continuer mes études, de fonder une famille unie, et de développer ma chocolaterie, non pas comme une simple entreprise, mais comme un témoignage vivant. Un témoignage que le courage peut naître dans les maisons silencieuses, que l'espoir peut fermenter comme le cacao dans l'obscurité, et qu'un jour, il peut devenir une douceur partagée, un message d'amour, une fierté nationale.

Je suis Jeanne. Fille de Madagascar. Fille de feu et de foi. Fille Betsileo. Et tant que mes mains sauront créer, tant que mon cœur saura aimer, tant que ma voix portera l'espérance — **je me tiendrai debout.**

Pour moi. Pour nous.

— Jeanne Esthérine RASOANANTENAINA
Fille aînée, servante, étudiante, rêveuse, entrepreneur… et désormais porte-voix de toute une jeunesse.

À propos de l'auteur

Jeanne Esthérine RASOANANTENAINA est une jeune professionnelle dynamique, entrepreneuse dans l'âme et profondément attachée au potentiel encore inexploité de sa terre natale, Madagascar. Diplômée en Techniques Bancaires et Assurances, elle se distingue par un engagement tangible en faveur du développement économique local.

Passionnée par l'innovation agroalimentaire, elle a initié un projet audacieux de chocolat fondu à base de cacao d'Ambanja, porté par une vision claire : valoriser les ressources locales, stimuler l'emploi durable, réduire la dépendance aux importations et renforcer les capacités d'exportation de Madagascar. Alliant savoir-faire artisanal — formée à la fabrication de savons et de chocolats — et esprit d'initiative, elle adopte une approche à la fois créative et pragmatique.

Sélectionnée pour faire partie de la toute première cohorte du programme GYLSCO (Global Youth

Leadership for Sustainable Cocoa), Jeanne Esthérine œuvre pour l'autonomie des jeunes et une transformation durable des matières premières locales. Elle est convaincue que la prospérité de Madagascar passera par la valorisation sur place de ses richesses naturelles.

Croyante engagée et enseignante de catéchèse, elle fonde son parcours sur des valeurs solides : foi, intégrité, travail collaboratif, persévérance et ouverture d'esprit. Jeanne Esthérine incarne cette génération émergente qui fait de l'espoir une action, et qui travaille à faire briller Madagascar, un projet à la fois.

www.ingramcontent.com/pod-product-compliance
Lightning Source LLC
Chambersburg PA
CBHW051257170626
46809CB00004B/1697